「松本清張」で読む昭和史

原 武史 Hara Takeshi

NHK出版新書
586

「松本清張」で読む昭和史　目次

はじめに——昭和史の闇を照らす

松本清張が作家デビューしたのは一九五〇（昭和二十五）年、四十一歳のときです。以来、一九九二（平成四）年八月四日に八十二歳で亡くなるまでの四十余年に、長篇小説、短篇小説、ノンフィクション、評伝、日記など、あわせて約千篇の作品を残しました。昭和を代表する国民作家です。

戸籍によれば一九〇九（明治四十二）年十二月二十一日に福岡県企救《きく》郡板櫃《いたびつ》村（現・北九州市小倉北区）に生まれ、現在松本清張記念館が建っている小倉市（同）で育った清張は、高等小学校卒業後、給仕、印刷所の版下工を経て、一九三九（昭和十四）年から朝日新聞九州支社（のち西部本社）広告部に意匠係として勤務しました。五〇（昭和二十五）年、はじめて書いた小説『西郷札』が『週刊朝日』の懸賞小説三等に入選。五三（昭和二十八）

年に『或る「小倉日記」伝』で芥川賞を受賞、その三年後に朝日新聞社を退社し、専業作家となりました。

清張のように九州で新聞社に勤め、その後作家になった人に大西巨人[*1]（一九一六〜二〇一四）がいます。清張より七歳年下の大西は九州帝国大学（現在の九州大学）を中退後、毎日新聞の記者になっていますが、清張は花形の記者にはなれず、いまでいうところの広告デザインの部署で長い下積み生活を送りました。

大西の作品には、舞台として対馬を含む九州地方がよく登場します。清張の場合、作品の舞台は九州に限らず全国に広がるのですが、しかし、古代史の舞台としての九州、特に故郷の福岡県を中心とする北部九州が常に意識されていた点は共通しているように思います。「地方から中央を相対化する視線」と言えるのかもしれません。

評論家の川本三郎は、「松本清張は、東京をつねに地方からの視線で描く。弱者が強者を見る目で東京をとらえる。中央の権威、権力によって低く見られている地方の悲しみ、憎しみ、怒り、そして他方での憧れといった感情が複雑に交差し合う」（『東京は遠かった——改めて読む松本清張』、毎日新聞出版、二〇一九年）と述べています。

とはいえ、北部九州は単なる地方ではありません。なぜなら、畿内とともに邪馬台国があったとされる土地ですし、第十四代とされる仲哀《ちゅうあい》天皇[*2]の皇后・神功《じんぐう》皇后[*3]による朝鮮半島への出兵（「三韓征伐[*4]」）の拠点であったと『日本書紀』に記されるような土地でもあるからです。かつての王権の影や、その歴史的な痕跡が神社や民間伝承、祭りなどの形で数多く残っている。神功皇后にちなんだ地名も少なくありません。そうした風土に育ったことが、清張の作品を生み出す一つの原動力になっているという印象を受けます。

清張のもう一つの原動力は、やはり彼自身の生い立ちでしょう。清張の作品には、エリートや富裕層に対する皮肉めいた視線が非常に強く感じられます。彼の推理小説で活躍するのは、しばしば下っ端の刑事たちです。少ない捜査費用をやりくりし、出張で乗るのは、いつも普通車に該当する三等車ないし二等車。旅館でも一番安い部屋にしか泊まれないような人たちが、執念の捜査で事件を解決していく。このようなストーリーには、幼少期以来の清張自身の経験が反映していると思います。

私が松本清張という作家に惹《ひ》かれる理由は、大きく二つあります。

一つは、清張の作品が戦後史の縮図であるという点です。作品そのものが、高度経済成長期という時代の証言になっているのです。この時期、日本は農村主体の社会から急速な勢いで成長し、都市が膨張していきました。大学への進学率も高まり、交通網でいえば鉄道がどんどん電化され、新幹線ができ、特急も増えていった時代でした。この、一九五〇年代後半から七〇年代初頭にかけての高度成長期は、清張自身、一番脂が乗って活躍した時代に重なると思います。

その頃に書かれた彼の小説を読むと、たとえば当時の鉄道網や、人々の旅行の仕方、あるいは都市と地方の格差などが如実にわかります。東京という街に絞ってみても、当時はまだ地下鉄が少なかった反面、都電が縦横無尽に走っており都民の足として定着していたこと、一方で少し郊外に行けばたちまち畑と雑木林ばかりになることもわかる。こうした何気ない描写の一つひとつが、現在から見ると、当時の東京なり地方なりの風景を理解するための貴重な資料になっている。そこに大きな価値があると思います。

もう一つは、タブーをつくらないという点です。清張は小説やノンフィクションの中で、天皇制、被差別部落、ハンセン病といったテーマに取り組んでいます。これらはしばしばタブー視され、私たちは正面から向き合うことを避けがちですが、清張はそうではなく、あくまでも自分が発掘した史料や関係者へのインタビューをもとに、そこに忠実に向き合おうとする姿勢を一貫してとっています。

たとえば、ノンフィクション長篇『昭和史発掘』では、新史料をもとにそれまでとは全く違う二・二六事件の見方を提示していますし、未完の遺作『神々の乱心』では、宮中の見えざる確執について、史料を存分に使いながら非常に大胆なストーリーを描いている。ほかの作家にはないところだと思います。

二〇一九年四月三〇日、「天皇の退位等に関する皇室典範特例法」により、天皇明仁が退位しました。五月一日には新天皇徳仁が即位し、元号が令和に改められました。この節目を迎えるにあたり、タブーをつくらずに時代と歴史に向き合い続け、それを実に具体的かつ平易な言葉で書き残した清張作品を読むことで、時代の刻印とは何か、そして時代を超えて残り続けるものとは何かを見つめてみたいと思います。

取り上げる作品は主に五つです。第一章は、列車時刻表を駆使し、推理小説界に〝社会派〟の新風を吹き込んだベストセラー『点と線』。第二章は、殺人事件の謎解きとともに、父子の宿命を浮き彫りにする『砂の器』。第三章は、松本清張をどう評価するか考える際に避けては通れないノンフィクション『日本の黒い霧』。第四章は、膨大な未公開史料と綿密な取材によって、昭和初期の埋もれた事実を発掘した『昭和史発掘』。第五章は、天皇制と昭和史というテーマを接合した壮大な歴史小説にして未完の遺作『神々の乱心』。

私たちは、平成の前の時代に当たる昭和史というものを、何となく知っているつもりでいます。しかし清張の作品を読むと、比較的近い過去ですら、実は何もわかっていなかったことに気づかされる。その意味で、松本清張は小説家にとどまらない、ひとりの歴史家ないしは思想家として読みなおされる存在なのではないかと私は考えています。終章ではこの点を踏まえ、もし清張がいまなお生きていたら、「平成史」をどう見たかについて大胆に予想してみたいと思います。

＊1　大西巨人
小説家。福岡市に生まれ、一九三七年九州帝国大学に入学するが左翼運動にかかわり三九年中退。四〇年に大阪毎日新聞社西部支社に入社、四一年十二月召集、翌年一月対馬要塞重砲兵連隊に配属。四六年新聞社を退社し文筆活動に入る。対馬の重砲兵連隊を舞台にした代表

作『神聖喜劇』は、五五年の起稿から二十五年の歳月をかけて完成した大長編小説。

＊2 **仲哀天皇**

記紀の系譜ではヤマトタケルの次男で第十四代天皇とされる。熊襲《くまそ》征討のための巡幸で橿日《かしひ》（現在の福岡市香椎）に至ったとき、神功皇后が神がかりして新羅を討てとの託宣を告げるが信じなかったため急死したとされる。

＊3 **神功皇后**

記紀では神託を受けて天皇に伝える巫女的役割の皇后として描かれ、仲哀天皇の死去の翌年、再び神託により出兵、新羅を討ち、百済・高句麗を帰服させたとされる。『日本書紀』は邪馬台国の卑弥呼に擬するが、それに加えて皇后の出身である息長氏の巫女伝承や、五世紀の大和王権による朝鮮半島侵攻の伝承、七世紀に百済救済の戦い（白村江の戦い）に出兵し筑紫朝倉宮（現在の福岡県朝倉市）で死去した斉明天皇も投影されたと考えられている。

＊4 **「三韓征伐」**

「三韓」とは古代朝鮮半島の南部にあった三つの小国家群を指す言葉で、四世紀に「馬韓」は百済、「辰韓」は新羅として国家統一されるが、「弁韓」は統一されず小国家群のまま伽耶と総称された。しかし『日本書紀』の神功皇后伝承では、新羅・百済・高句麗を大和王権に服属する「三韓なり」と記す。いわゆる「三韓征伐」は後代の造語だが、古代においてばかりでなく、豊臣秀吉の朝鮮侵攻や幕末の吉田松陰の朝鮮再侵攻論などのように、のちの時代にも朝鮮侵略を正統化する伝承としてたびたび浮上する。

第一章

格差社会の正体——『点と線』

香椎とはどんな土地か

『点と線』は、日本交通公社（現・ＪＴＢ）発行の旅行雑誌『旅』の一九五七（昭和三十二）年二月号〜五八（昭和三十三）年一月号に連載され、加筆訂正の上、一九五八年二月に光文社から刊行されました。その第二章「情死体」は、次の一文で始まります。

鹿児島《かごしま》本線で門司《もじ》方面から行くと、博多《はかた》につく三つ手前に香椎《かしい》という小さな駅がある。（「二　情死体」）

博多から鹿児島本線上りの駅名を順に三つ挙げると、当時は吉塚、箱崎、香椎でしたが、二〇〇三年に箱崎と香椎の間に千早という新駅ができたため、現在では香椎は博多から四つ目の駅となっています。福岡市東区にあります。

小説の文章はこう続きます。

この駅をおりて山の方に行くと、もとの官幣大社香椎宮《かしいのみや》、海の方に行くと博多湾

を見わたす海岸に出る。（同）

香椎宮とは、第十四代天皇とされる仲哀《ちゅうあい》天皇と、その妃・神功《じんぐう》皇后を祀る神社です。もともとの祭神は神功皇后でした。『日本書紀』によれば神功皇后はシャーマンで、仲哀天皇が亡くなったあと権力を継承し、憑依《ひょうい》した神のお告げを受けて香椎を拠点に朝鮮半島に出兵。新羅《しらぎ》（ハングルではシルラ）を平定し、高句麗《こうくり》（ハングルではコグリョ）、百済《くだら》（ハングルではペクチェ）に朝貢を誓わせた、いわゆる「三韓征伐」を行った女性ということになっています。彼女は、そのときすでに妊娠しており、九州に戻ったあと、宇瀰《うみ》、すなわち現在の福岡県糟屋《かすや》郡宇美町で後の第十五代天皇・応神《おうじん》天皇[*1]を産んだとされています。「うみ」という発音自体が、「産み」に通じているわけです。

ちなみに香椎という地名は、亡くなった仲哀天皇を納めた椎の棺から、椎の木の香りがしたということに由来します。

前面には「海《うみ》の中道《なかみち》」が帯のように伸びて、その端に志賀島《しかのしま》[*2]の山が海に浮び、その

左の方には残《のこ》の島《しま》がかすむ眺望《ちょうぼう》のきれいなところである。（同）

「残の島」はいまの能古島ですね。ここは『万葉集』にも詠まれる非常に古い歴史のある島です。「眺望のきれいなところ」とありますが、現在ではこのような風景を見ることはできません。ここは埋め立てが進み、マンションが林立する住宅地になっているからです。福岡市の中心に近い通勤圏なんですね。きれいな風景を望むことができたのは当時ならではです。清張は続けます。

この海岸を香椎潟《かしいがた》といった。昔の「橿日の浦《かしいのうら》」である。太宰帥《だざいのそち》であった大伴旅人《おおとものたびと》*3はここに遊んで、「いざ児《こ》ども香椎の潟に白妙《しろたえ》の袖《そで》さへぬれて朝菜摘みてむ」（万葉集第六）と詠《よ》んだ。（同）

大伴旅人（六六五〜七三一）は、「令和」の典拠となった『万葉集』巻第五、梅花の歌の序文を記したとされる歌人でもあります。清張は特に香椎宮についての説明はしていないのですが、『万葉集』の歌を引用することで、土地の古さを強調しています。

近現代的な視点と古代史的視点の共存

私は、清張が『点と線』の重要な舞台に香椎を選んだということに、あえてこだわりたい。香椎という地名はこの小説の中に何度も出てきます。香椎潟のほかにも、駅名として国鉄香椎駅と西鉄香椎駅が登場し、この二つの駅が近接していることが事件の推理に絡んできます。ここは、清張が自らの出身地である福岡県の交通事情を踏まえたところで、清張の鉄道的な視点が感じられます。

それともう一つ、清張には古代史に対する素養というものがある。清張は後に『古代史疑』や『清張通史』などの作品を著し、卑弥呼や邪馬台国への関心を示しています。『古代史疑』は、『中央公論』に一九六六（昭和四十一）年六月号から六七（昭和四十二）年三月号まで連載された邪馬台国論です。清張は陳寿の『魏志』東夷伝や『日本書紀』を詳細に読み込んで、「邪馬台国は筑後川下流流域の地にあった」と結論づけました。『清張通史』は『東京新聞』に一九七六（昭和五十一）年一月一日から七八（昭和五十三）

年七月六日まで連載された日本古代の通史です。邪馬台国に始まり、内外の文字史料がほとんど見つかっていない謎の四世紀、銅鏡と古代の信仰・祭祀、兄弟間・親族間で皇位継承が争われた大化の改新や壬申の乱など、さまざまな視点から三〜八世紀の古代日本の諸相を読み解く内容でした。

こうした作品を通して、清張は卑弥呼に多くの紙幅を割く一方、神功皇后は架空の女性として簡単に切り捨てています。しかし、福岡県に長く暮らした清張ならば、県内に神功皇后にまつわる地名や伝承がどれほど広範囲に分布しているかはわかっていたはずです。さらにいえば、第五章で取り上げる『神々の乱心』には、神功皇后を彷彿《ほうふつ》とさせるような、シャーマンであると同時に権力者でもある女性が登場します。

鉄道と古代史。この二つが重なっていることが、『点と線』で清張をして香椎という舞台を選ばせた要因ではないかと私は思います。その後の著作にも共通していえることだと思いますが、鉄道に象徴される近現代的な視点と、鉄道などが生まれる遥か以前の、神話や伝説に近い時代を見る視点、その二つが清張のなかに共存しているのです。

しかし、現代の乾いた現実は、この王朝の抒情《じょじょう》趣味を解さなかった。（同）

『点と線』において、『万葉集』にうたわれる風光明媚な香椎潟で発見されたのは、心中と見られる男女の死体でした。事件はこうして幕を開けます。

アリバイ崩しに挑む『点と線』

あらためて、全体のあらすじを簡単に紹介しましょう。

福岡市の香椎潟で男女二人の死体が発見されました。男は汚職事件で摘発中の某省課長補佐・佐山憲一《さやまけんいち》。女は赤坂の割烹《かっぽう》料亭「小雪《こゆき》」の女中・お時《とき》こと桑山秀子でした。状況から判断すると、青酸カリ服毒による心中と見えたため、それ以上の捜査は不要とされました。しかし、福岡署の刑事・鳥飼重太郎《とりがいじゅうたろう》は、佐山が持っていた特急「あさかぜ」の食堂車の領収書が「御一人様」となっていたことに疑問を抱きます。佐山のことを調べにきた汚職事件担当の警視庁捜査二課の三原紀一《みはらきいち》警部補は、鳥飼の疑問に関心を持ち、この「情死事件」の捜査に乗り出します。

『点と線』事件現場

〔昭和30年代福岡市香椎駅周辺〕

香椎宮

仲哀天皇の霊を神功皇后が祀ったのが起源とされる

万葉歌碑

香椎宮に参拝したあと大伴旅人らが歌を詠んだ場所

写真提供／福岡市

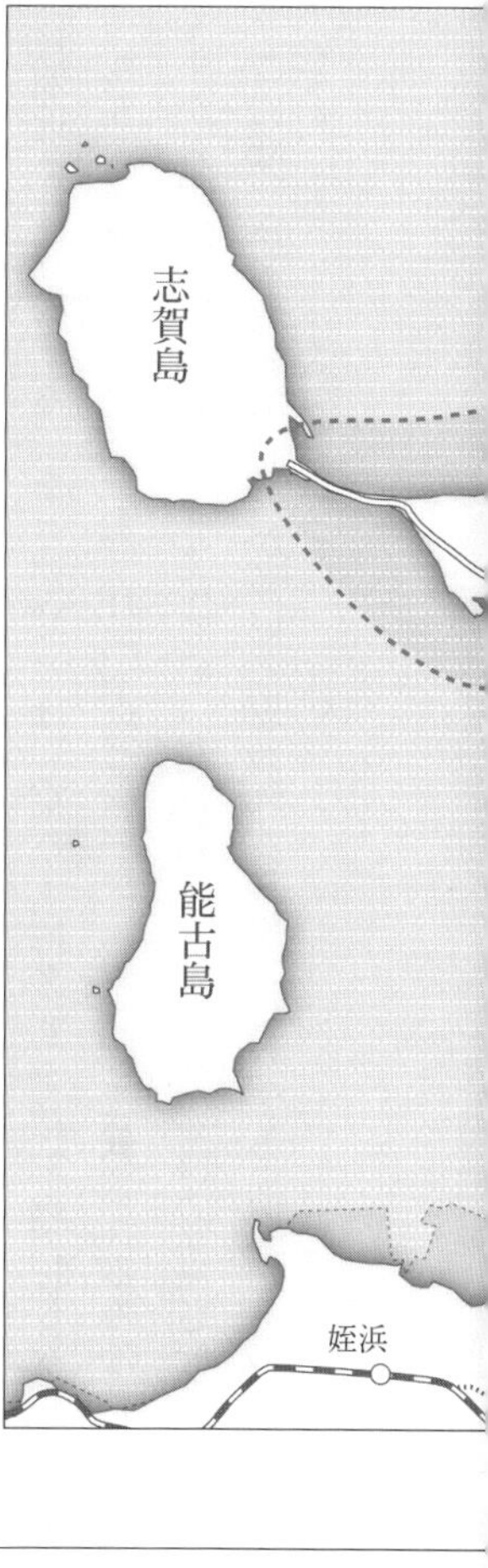

二人は死体で発見される一週間前、東京駅十五番線のホームから一緒に特急「あさかぜ」に乗るところを、「小雪」の女中仲間に目撃されています。しかし三原は、女中たちがいた十三番線から隣のホームに当たる十五番線が見通せるのは、一日のうちわずか四分間しかないという事実に気づきます。これは本当に偶然なのか――。佐山とお時が一緒にいるところを印象づけ、二人の死が心中であると思い込ませるトリックではないのか。三原は、女中たちをホームまで誘った、「小雪」の客で某省出入りの業者・安田辰郎《やすだたつお》に何か不自然なものを感じ取り、完璧と見られる安田のアリバイ崩しに挑んでいくのです。

寝台特急「あさかぜ」の登場

小説の冒頭近くに登場する「あさかぜ」は、東京―博多間を結ぶ寝台特急です。デビューは一九五六（昭和三十一）年十一月。『点と線』が『旅』に連載されるのは翌年の二月号からですから、清張はデビューしたての「花形列車」を早速小説に登場させているわけです。そこには、旅行好きの読者が多いと思われる『旅』に対する配慮があったのかもしれません。

「あさかぜ」がいかに豪華な編成だったかは、一般的な二等車がなかったことでもわかります。代わりにあったのは「特二」と呼ばれた特別二等車。ボックスタイプの直角椅子が並ぶ二等車に対し、座席のリクライニングができるタイプの車両です。ほかに食堂車、二等寝台車、三等寝台車がありました（一等寝台車は一九五五年に廃止され、当時はありませんでした）。

デビュー当初は十両編成、二年後のダイヤ改正で二〇系と呼ばれる青い車両が導入されてブルートレインとなり、十三両編成になりました。

「あさかぜ」がデビューした一九五六年十一月のダイヤ改正は、国鉄の歴史のなかでもかなり重要なダイヤ改正だったと思います。というのも、この年に東海道本線の東京―神戸間が全線電化されているからです。

現在では地方でも電化が進んでいますから、路線が電化されているなど当たり前のことのように見えますが、この当時はまだ多くの幹線にＳＬが走っていました。その中で全線が電化されたということは、東海道本線がいかに進んでいたかということです。ちなみに東北本線の上野―青森間が全線電化されるのは一九六八（昭和四十三）年八月。東海道本線の実に十二年後です。

なかったことです。

急行の旅から香る「時代の空気」

「あさかぜ」の意味を理解する上でのもう一つの大きな前提は、この当時はまだ特急が少なかったことです。

特急とは文字通り特別な急行でした。東京と地方を往復する場合、一般的には急行に乗りました。急行にもいろいろな編成があり、さきほど紹介した特別二等車や寝台車が付いている場合が多いのですが、いわゆる普通車は三等車です。これはボックス型の座席で、さきほど述べたようにリクライニングはできません。ですから、長距離の乗車には大変な苦労が伴うわけです。

急行の旅の大変さは、『点と線』の中で存分に描かれています。たとえば、警視庁の三原警部補が、佐山憲一の捜査のため博多まで行って東京に戻るとき、急行「雲仙《うんぜん》」という列車に乗っています。急行「雲仙」は長崎発東京行きで、博多を一八時二分発、東京には翌日の一五時四〇分に到着します。十三両編成で、二等寝台車、三等寝台車、特別二等車、

二等車、食堂車、三等車を併結していました。三原が乗ったのは三等車と思われます。

東京に戻った三原警部補は、警視庁で主任の笠井警部にこう声をかけられます。「どうだね、九州の旅の疲れは、もうなおったのかね？」。それに対し三原警部補は、「はあ。二晩寝たから、もう大丈夫です」と答えています。時代背景がわかってみると、なかなかおもしろいやりとりではないでしょうか。

急行の旅はこのあとも出てきます。某省出入りの業者・安田辰郎の行動に不自然なものを感じた三原は、安田に直接会いに行き、佐山とお時が死んだ日の前後にどこにいたのかを尋ねます。安田は、札幌に出張していたと述べ、手帳を見ながら、その日に乗った列車など詳しい旅程を三原に伝えます。愕然《がくぜん》とする三原。札幌署に問い合わせてみると、その日たしかに安田と札幌駅で会った人物がいることもわかりました。しかし、どうしても納得がいかないと、三原は札幌まで安田が乗ったのと同じ列車に乗っていくことを決意します。

難行苦行としての鉄道の旅

このとき三原は、上野から急行「十和田《とわだ》」に乗っています。上野一九時一五分発、青森九時九分着。急行「十和田」にも二等寝台車や特別二等車が併結されていましたが、このときも三原は三等車に乗ったと思われます。「前に腰かけた二人が、東北弁でうるさく話しあっていたので、それが耳について神経が休まらなかったのだ」とありますから、ボックス席で目の前に人が座っていたということでしょう。

青森から函館までは青函連絡船を利用しています。そして函館から一四時五〇分発の急行「まりも」に乗り、札幌に二〇時三四分着。ここでも三原は三等車に乗ったと思われます。するとどうなるか――。

それからの五時間半、はじめて見る北海道の風景であったが、三原はさすがにうんざりした。夜の札幌《さつぽろ》の駅に着いたときは、くたくたになっていた。安田はおそらく、上野から二等寝台か特二で悠々《ゆうゆう》と来たのであろう。刑事の出張旅費の少なさは、そんな贅沢《ぜいたく》を望むべくもなかった。三原は尻《しり》が痛くなっていた。（「十北海道の目撃者」）

安田は二等寝台車か特別二等車に乗れるが、刑事の自分はそうではない、三等車にしか乗れないということです。そして札幌の旅館にたどり着くや、「三原は雨の音を聞きながら、疲労のはて、欲も得もなく眠りこけた」といいます。もうとにかくくたくたになるわけです。

当時、北海道がいかに遠かったか。上野から札幌まで、鉄道と青函連絡船を乗り継いで、トータルで二十五時間十九分。丸一日以上かかったわけです。その間列車内では、ずっと固い椅子に座り続けなければならない。いまのワクワクするような旅行のイメージとは全然違い、それはもう難行苦行なのです。しかも、東北も北海道も国鉄はまだほとんど電化されていませんから、列車はたいていSLが引っぱります。そうすると煙もすごい。清張にとっては当たり前のことですから書かれてはいませんが、単に尻が痛いだけではない大変さが当時の汽車旅にはあったわけです。

それに対し、「あさかぜ」は全く違います。電気機関車ですからSLより速いし、車内も快適で、旅のイメージそのものが全く違う。そういう意味で、「あさかぜ」は出発する東京駅の十五番線のホームからして別格なのです。

特急と急行から〝格差〟が見える

小説の冒頭、鎌倉にいる妻に会いに行く安田と、彼を見送りにきた「小雪」の女中二人が、東京駅の十三番線、横須賀線のホームにやってきます。当時の東京駅は、十二番線が「湘南電車」と呼ばれた東海道線の近距離普通列車、十三番線が横須賀線、十四番線と十五番線が東海道線の特急や急行など遠距離列車が発着するホームに当たっていました。横須賀線の線路が東海道線と分離し、東京駅の横須賀線ホームが地下に移されたのは、一九八〇（昭和五十五）年のことでした。

十三番線から見通すことができた、十五番線の「あさかぜ」。安田と別れた女中たちがのぞき見た、「あさかぜ」の贅沢な車内。この冒頭のシーンでは、十五番線のとりわけ華やかな雰囲気がよく伝わってきます。

日本人の海外渡航は太平洋戦争中から戦後にかけて大きく制限され、ビジネスや留学など特別の理由なしには許可されませんでした。ビジネス目的の渡航が自由化されたのは高度経済成長下の一九六三（昭和三十八）年。翌六四（昭和三十九）年四月一日から、年一回・持ち出し外貨五百ドルの制限つきでようやく海外旅行の自由化が実施されました。この年に十二万七千人が海外へ出かけたといいます。

つまり、『点と線』の舞台となった時代には、まだ海外旅行が自由にできなかった。贅沢な旅行をしようとするなら、遠い九州まで寝台特急で行くことが人々の憧れだったのだと思います。

苦行に等しい急行の旅と、きらびやかな「あさかぜ」。この対照が何を意味するかというと、当時は厳然と階級が存在したということです。特急の、しかも二等寝台車に乗れる客と、急行の三等車でしか行けない客という格差があったということです。こうした階級がなくなっていくことを象徴するのが、一九六〇（昭和三十五）年七月の一・二・三等級制の廃止と、それに続く一九六九（昭和四十四）年五月の一・二等級制の廃止です。これ以降は一等、二等という呼び方をやめ、グリーン車と普通車、ないしはA寝台とB寝台と呼ぶようになりました。そしてこの頃から、社会においてもいわゆる〝一億総中流意識〟というものが共有されるようになっていくのです。

四分間のトリック

『点と線』は清張が書いたはじめての長編推理小説ですが、鉄道トリックが巧みに取り入れられているという意味でも画期的でした。きらびやかなハレの舞台であった東京駅の十五番線ホーム。そこから発車する特急「あさかぜ」を隣のホームから見通せる四分間が、この小説のトリックの肝です。三原は、安田の行動を以下のような理由から不審に感じます。

安田が、たびたび時間を気にして腕時計を見ていた。これを単純に電車にまに合うためと解釈してよいであろうか？　まに合いたいのは、他《ほか》のことではなかったか。もしやあの四分間にまに合いたいためではなかったか？

なぜなら、《あさかぜ》を見通すためには、四分間より、早すぎても遅すぎてもいけないのである。早すぎれば、同じ横須賀行の十七時五十七分発の電車がはいっているから、安田はそれに乗らなければならない。遅すぎれば、次の電車が十八時一分にはいって、《あさかぜ》を見ることが不可能になるのだ。安田が、しげしげと時計を気にしたのは、まさに《あさかぜ》の見える四分間をねらったのではあるまいか。

（「六　四分間の仮説」）

『点と線』はもちろんフィクションですが、東京駅のホームの位置関係などはすべて事実に基づいています。小説の最後に、交通機関の時間は「昭和三十二年のダイヤによる」と断り書きがあるように、一七時五七分から一八時一分までの四分間は十三番線から十五番線が見通せる（あるいはその四分間しか見通せない）ということも、当時のダイヤからすると事実なのです。

つまり、いちばん重要なトリックの部分が事実に基づいているわけです。小説でありながら、ある種ノンフィクションの要素が混じっている。これは第二章の『砂の器』や第五章の『神々の乱心』にもいえることで、多かれ少なかれ、清張作品に共通して見られる一つの特徴だと思います。そこが、小説とはいえ非常に史料的価値があるところなのです。

清張の事実に対するこだわりには、出版社の編集者たちの協力も欠かせませんでした。『旅』の編集者として『点と線』の連載を担当した岡田喜秋氏によれば、小説の冒頭を東

東京駅4分間のトリック

「《あさかぜ》が十五番線のホームにはいってくるのは、十七時四十九分で、発車は十八時三十分です。四十一分間ホームに停車しているわけです。この間の、十三、十四番線の列車の出入りをみますと、十三番線の横須賀行一七〇三電車が十七時四十六分に到着し、十七時五十七分に発車します。それが出たあと、すぐに一八〇一電車が十八時一分に同じホームに到着し、十八時十二分に発車します。しかし、その電車が出ても、十四番線には静岡行普通の三四一列車が十八時五分にはいって、十八時三十五分まで停車していますから、となりの十五番線の《あさかぜ》の姿をかくして見えないわけです」

（『点と線』）

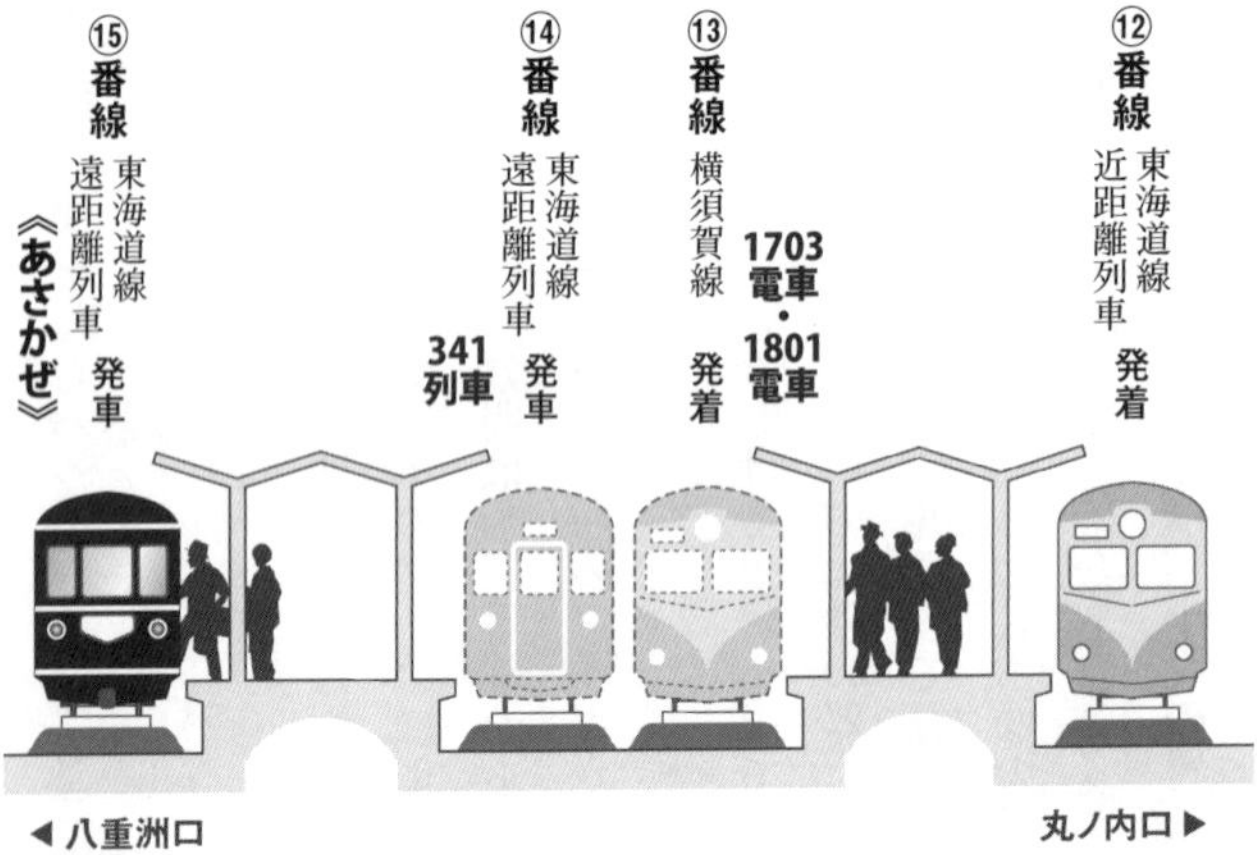

※ 東京駅横断図
『東京駅を中心とした電気工事』（東京電気工事々務所丸の内電気工事区監修，文英堂印刷，1956年）をもとに作図

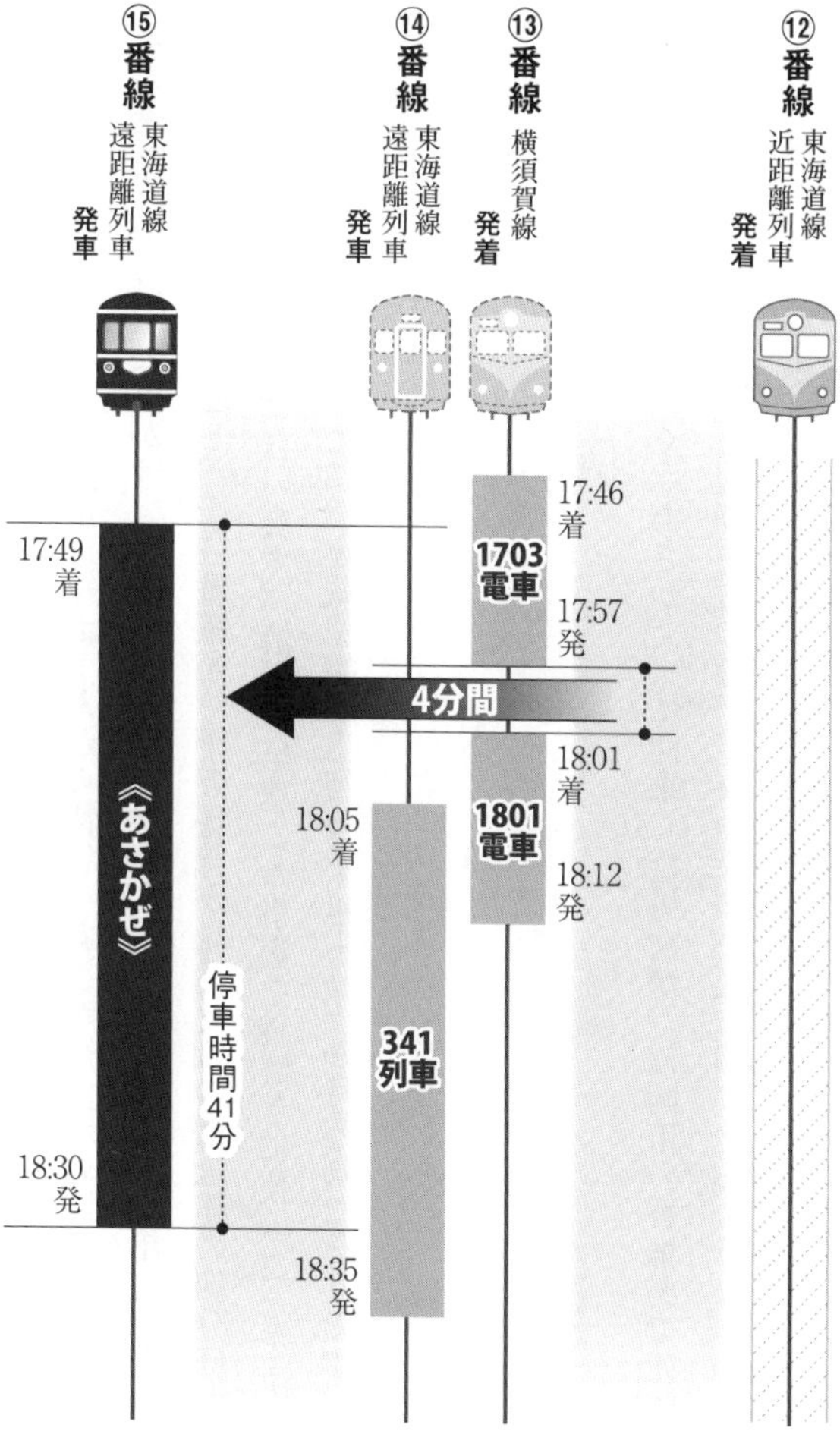
⑫番線
東海道線
近距離列車
発着
⑬番線
横須賀線
発着
⑭番線
東海道線
遠距離列車
発車
⑮番線
東海道線
遠距離列車
発車
17:46
着
1703
電車
17:57
発
18:01
着
1801
電車
18:12
発
4分間
17:49
着
《あさかぜ》
18:30
発
停車時間41分
18:05
着
341
列車
18:35
発

京駅のホームの場面に設定するという着想はもともと清張にありましたが、夕方のラッシュアワーの時間帯に、本当に横須賀線ホームから特急「あさかぜ」が見通せるかについては、氏が実際に東京駅に出かけ、列車の入線時刻という、当時の時刻表に出ていない情報を駅のアナウンス室に確認し、十三番線から十五番線が見通せるのは上述の四分間だけであることをつかんだのだと言います。清張は早速この事実を謎解きに使うことを決め、その正確さにこだわったがゆえに、連載開始が当初の予定より一か月遅れたそうです。

現実の人間を描く

清張が現実らしさにこだわったのは、鉄道ダイヤだけでなく、事件の謎解き役の設定も同様でした。

当時の乗り物の最先端を行く「あさかぜ」に同乗した男女が、福岡市の香椎潟で死体となって発見される。この事件を捜査するのは、従来の探偵小説に出てくるようないわゆる名探偵ではなく、刑事です。しかも東京の警視庁でこの事件を担当する三原紀一警部補は、さきほど述べたように、地方に出張する場合もギリギリの出張費しか出ず、急行の三

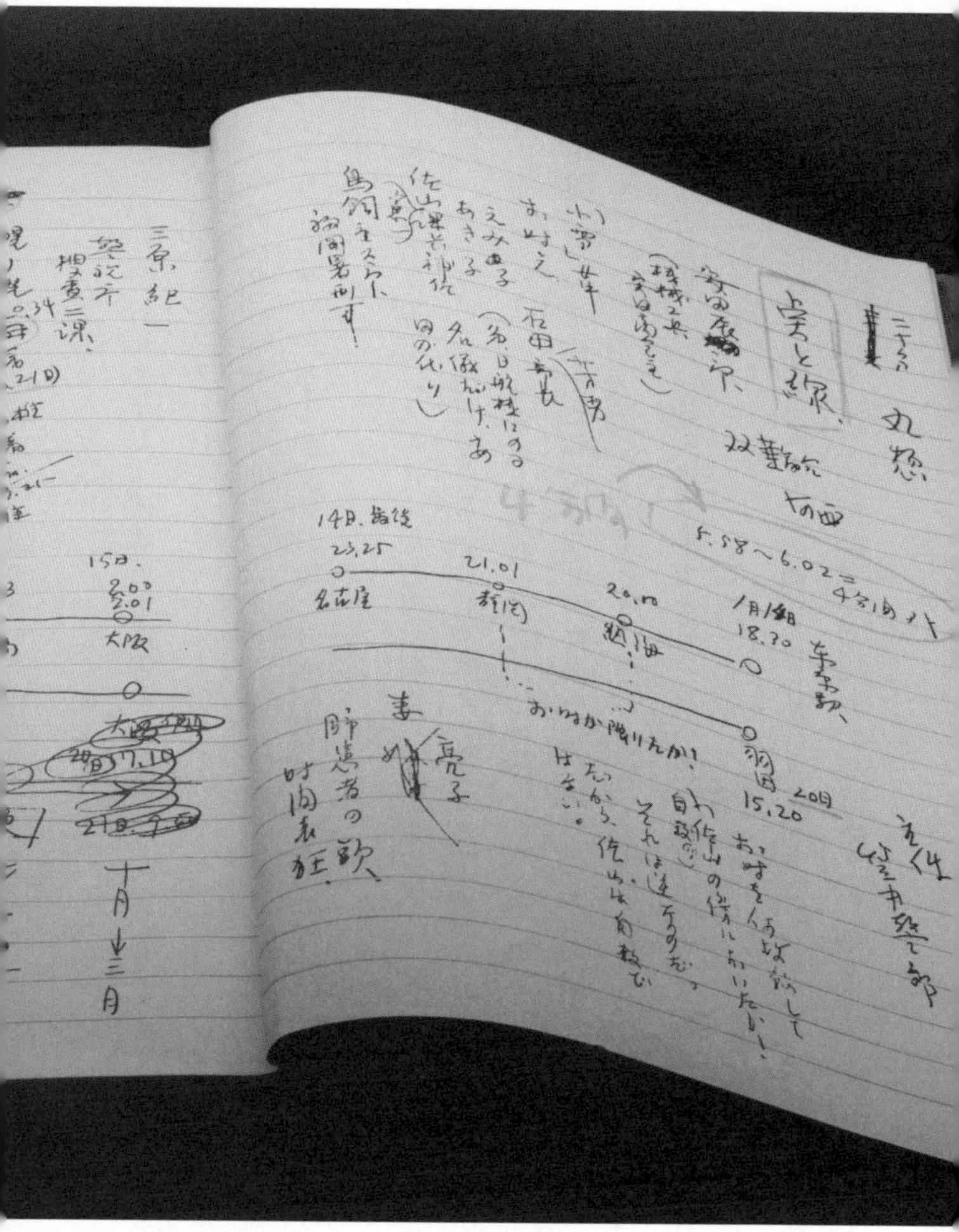

『点と線』4分間のトリック手書き構想メモ(『松本清張短編総集』1963年講談社)

等車で移動するしかありません。彼は三十過ぎくらいで「がっしりとした体格」だといいますから体力はありそうなわけですが、そんな警部補ですら二晩寝ないと回復しないというくらい、九州への出張はハードだったわけです。エリートではない若い刑事が、地を這いまわるようにして、一歩一歩真相にたどり着いていくためにいかに苦労していたかがよくわかります。

福岡で最初に事件現場に立ち合った古参の刑事、鳥飼重太郎もまた、同じような存在です。鳥飼は、どう見ても情死であるから刑事事件としての捜査は不要とされたにもかかわらず、佐山が持っていた食堂車の領収書が気になり、一人でこの事件を調べようとします。死体で見つかった佐山とお時はなぜ香椎潟を死に場所に選んだのか、彼らはいつ香椎潟にやってきたのか。一つひとつ疑問を解いていこうとする鳥飼。その過程で、死体発見の前夜、国鉄香椎駅前、西鉄香椎駅前でそれぞれ似たような男女二人連れが目撃されていることを突き止めます。

鳥飼は、時計を見ながら二つの駅の間を自ら速度を変えて三回歩いてみます。すると、どんなにゆっくり歩いても、二つの駅前で男女が目撃された時間が開きすぎている。これは何を意味するのか――。鳥飼刑事の地道な実験は、後に三原警部補が犯人像を絞り込んでいくときの一つのヒントになりました。最終的には、男女の二人連れが二組いたことがわかり、佐山とお時はそれぞれ別の人物に殺され、香椎潟で情死に見せかけるよう細工されていた、という真相が暗示されます。

鳥飼刑事については、福岡市内の自宅の描写もまた印象的です。情死体発見の翌日、仕事を終え午後七時ごろ家に帰った鳥飼はまず風呂に入るのですが、その風呂はなんと「古い釜の五右衛門風呂《ごえもんぶろ》」でした。いまではほぼ絶滅してしまっている庶民の生活の一端が見えてくる描写です。繰り返しになりますが、この小説は格差が縮まり、人々の間に中流意識が芽生える以前の日本が舞台なのです。

格差について付け加えれば、この当時は地方と東京の格差も大きくありました。出張から戻った三原は、その足でまず有楽町の喫茶店に向かいます。「九州からの長い汽車の旅で、彼はうまいコーヒーに飢えていた」というのです。なじみの店でいつものコーヒーを味わった三原。「コーヒーがおいしかった。これだけは田舎では味わえない」。清張ははっきりとこう書いています。

現在であれば、全国チェーンのカフェなどが地方にもたくさんありますから、どこに行っても同じようなコーヒーが飲めます。しかし、この時代にはそれはなかった。やはりいいものは都会にしかない、地方は遅れている。実際の格差だけではなく、格差があるという感覚も三原の——当時の庶民の——中にあったことがよくわかる、興味深い描写ではないでしょうか。

清張はなぜ、名探偵のようなヒーローではなく、三等車に乗って出張したり、家では五右衛門風呂に入ったりするような庶民的刑事を事件の追及役として立てたのか。そこにはやはり、清張の生い立ちが関係しているように思われます。

松本清張という作家はエリートよりも、三原や鳥飼のような、より庶民に近い人たちに共感をしたのでしょう。彼らの日常は体験的にも共有できるため、書きやすかった面もあったと思います。現実的な設定の中で、普通の人の視線で心理や風景を描写し、行動を書いていくということです。

同時に、そうした庶民の視線を持つことで、豪華な特急「あさかぜ」に乗るようなエリート層の存在もまた、はっきりと浮き彫りになります。『点と線』における安田のアリバイは、飛行機による移動の可能性に三原が思い至ったことで崩れていくわけですが、それは物語の終盤のことです。このトリックも、階層間の格差によって成立しているものといえるかもしれません。第二章で扱う『砂の器』では、その描き分けや階層のコントラストが一層顕著になっていきます。

物語を動かす女性の心理

『点と線』はよく、「社会派推理小説の記念碑的作品」などと呼ばれます。たしかに、ここで描かれる事件の背景には、佐山とその上司たちによる官僚の汚職事件が横たわっています。三原も最初はその捜査をしていたわけですし、佐山の死が上司の石田部長に汚職事件の捜査が及ばないようにするための工作だったこともまた事実です。しかし、小説を最後まで読んでみると、事件を深いところで動かしていたのは、実は保身に走るエリートや癒着《ゆちゃく》の業者など男性ではなく、女性だったということがわかってきます。その中心となる人物が、安田辰郎の妻・亮子です。

亮子は結核のため、辰郎と離れて鎌倉で療養生活を送っています。結核はかつて不治の病とされ、日本でも郊外や地方で療養生活を送った作家や知識人が多くいました。亮子は寝たり起きたりの生活でしたが、あるときから時刻表を読むことに興味を覚え、床の中で空想の旅を楽しんでいました。そのような自分の趣味について、亮子は主治医も参加する同人誌に随筆を書き、こう述べています。

私がこうして床の上に自分の細い指を見ている一瞬の間に、全国のさまざまな土地で、汽車がいっせいに停《とま》っている。そこにはたいそうな人が、それぞれの人生を追って降りたり乗ったりしている。私は目を閉じて、その情景を想像する。そのようなことから、この時刻には、各線のどの駅で汽車がすれ違っているかということまで発見するのだ。(「九　数字のある風景」)

そして、これはあとからわかることですが、亮子が病身のため、辰郎との間には夫婦関係がなく、辰郎には亮子も公認の「二号さん」、つまり愛人がいました。その愛人が、お時だったのです。安田辰郎は商売を広げるため某省石田部長に取り入ろうと、汚職事件の口封じに佐山課長補佐を消すことを持ちかけます。佐山が一人で死んでいると怪しまれるため、思いついたのが女との情死に見せかけるという手段。その相手に選ばれたのが、お時でした。辰郎にとってお時は単なる愛人で、特段の愛情はなかったのです。一方亮子は、自分も公認していたとはいえ、お時が自分たちの夫婦関係の肩代わりをしていることに、内心では強い反発を抱いていました。

つまり、佐山とお時の殺人は、辰郎と亮子の共犯だった。列車の時刻表を駆使した殺人を積極的に計画したのは辰郎ではなく、実は亮子の方だった、ということがわかってくるのです。

日本でもある時期まで、政治家や財界人などに愛人がいるのは、公然の秘密でした。清張は、第三章で取り上げるノンフィクション『日本の黒い霧』の中で下山事件《しもやまじけん》*4を取り上げていますが、この事件で亡くなった初代国鉄総裁の下山定則（一九〇一〜一九四九）にも愛人がいました。下山事件が起きたのは一九四九（昭和二十四）年ですから、『点と線』の連載が始まる一九五七（昭和三十二）年の八年前です。そんなに遠い過去ではありません。

いまよりも男性中心的だった当時の社会に、愛人を是認する空気がどの程度あったのかはわかりません。しかし、最終的に、安田辰郎の妻は自分の夫の愛人を殺すわけです。安田の妻に言わせれば、一夫一婦こそがあるべき姿で、自分が結核に冒されていることを理由に、夫が愛人をつくっていいことにはならないというのが本音だったのではないでしょうか。

小説の最後、事件の解決を鳥飼に報告する手紙の中で、三原は亮子のことを、「恐るべき女です。頭脳も冷たく冴《さ》えていますが、血も冷たい女です」と言っています。これは三原のセリフであって、清張自身の考えそのものではないでしょう。いずれにしても、清張は亮子という女性を通して、最終的に愛人の存在を否定しました。この否定したという事実が何を意味しているのか。清張自身の見解は直接には何も述べられてはいませんが、ここは読者に対する一つの問いかけを含んでいる気がするのです。

『点と線』はなぜ古びないのか

この小説では、最初は安田辰郎という人物が前面に出てきます。彼の完璧と思われるアリバイを、刑事たちが地道な捜査で崩していく過程を、多くの読者は安田辰郎が犯人なのだと想定しながら読むでしょう。

しかし最後にきて、視点が鮮やかにひっくり返ります。主犯は実は安田辰郎ではないのではないか。鎌倉にいる辰郎の妻・亮子の方が、一連の計画をすべて考えたのではないか。最後の三原警部補の手紙はそのように読むことができます。私はここが、清張と並ぶ国民作家と呼ばれる司馬遼太郎[*5]（一九二三〜一九九六）とは異なる、清張の優れたところだと思うのです。ここに女性の視点を入れることで、清張は司馬遼太郎よりも女性の読者を獲得したのだと思います。司馬遼太郎と清張の比較については終章であらためて触れますが、『点と線』という作品がいまも古びない要因の一つをこの点に求めることもできるのではないでしょうか。

中間管理職の佐山が汚職事件もみ消しの犠牲となり、高級官僚の石田はのうのうと生き残るという結末もまた、現代に通じることかもしれません。一番の悪は結局無傷のままなのです。その石田に付き従っていた事務官もまた、出世して課長になっています。これは清張による一種の風刺でしょう。汚職の渦中にいた官僚がいつのまにか出世するのは、いまも昔も変わらぬ現実なのかもしれません。これもまた、『点と線』が古びない理由の一つだといえるでしょう。

このように見てくると、『点と線』には現代と強くつながっている面と、完全に断絶している面の両方があるといえます。交通事情は完全に変わってしまっています。飛行機での旅・移動が一般的になり、九州や北海道には新幹線でも行けるようになりました。その代わりに青函連絡船はなくなり、「あさかぜ」のようなブルートレインも全廃されていま す。常時営業している食堂車もありません。そういう意味では、この小説で採用されたようなトリックはもう成立しようがないという見方もできます。

にもかかわらず、この小説はなぜ古びないのか。それはやはり、さきほど述べたように、人間が抱えている心理や欲望というものは根本的に変わっておらず、男女の性別を超えて読者が登場人物に感情移入できる余地が残っているからだと思います。

加えて言えば、日本社会はいったんは一億総中流と言われたものの、バブル崩壊を経て、現在は持てる者と持たざる者との差が広がる格差社会だと言われています。そうした状況の中でこの小説を読むと、格差がはっきりと描かれていることが逆に切実に迫ってくる。川本三郎も、「一億総中産階級と言われた一九八〇年代のバブル経済期に誰が、その先に格差社会が来ると想像しただろう。しかし、いま、松本清張の初期の作品を読むと、日本の社会は、いまもむかしもそれほど変っていないのではないかと思ってしまう」（前掲『東京は遠かった』）と述べています。そういう意味でも、『点と線』は現代の読者に訴える小説であると思うのです。

＊1　**応神天皇**
四世紀末から五世紀の大王で、記紀の系譜では第十五代天皇とされ、中国の『宋書』倭国伝の「倭の五王」のうちの「讃」に比定する説がある。『日本書紀』では在位中に東漢氏《やまとのあや》の祖、西漢氏《かわちのあや》の祖などの渡来人や先進文物の伝来を伝える記事が多い。

＊2　**志賀島**
博多湾に浮かぶ島。長さ八キロメートルに及ぶ砂州（海の中道）で本土の香椎とつながる陸繋《りくけい》島。西暦五七年に中国（後漢）の光武帝が倭の奴国王に与えたとされる金印が江戸時代にこの島で発掘された。

＊3　**太宰帥であった大伴旅人**
「太宰府」は律令制下の役所名としては「大宰府」で、九州各国の内政だけでなく日本の国防

を含めた外交をつかさどり、「遠《とお》の朝廷《みかど》」と称された。「帥」は大宰府の長官名。大伴旅人は奈良時代の公卿・歌人で、『万葉集』の編纂にかかわったとされる大伴家持の父。

＊4 **下山事件**
一九四九年七月五日に国鉄初代総裁・下山定則が行方不明となり、翌日に常磐線綾瀬駅付近で轢死体となって発見された事件。国鉄職員九万五千人の大量人員整理が発表され労使対立が激化した時期に起こった事件で、下山総裁の死因をめぐって自殺説・他殺説がマスコミや法医学界を二分したが、真相不明のまま六四年に時効を迎え迷宮入り。清張は『日本の黒い霧』冒頭の「下山国鉄総裁謀殺論」で、GHQのある機関が関与した他殺だったのではないかと推理した。

＊5 **司馬遼太郎**
歴史小説家。産経新聞社に勤めていた一九五六年に「ペルシャの幻術師」で講談倶楽部賞、六〇年に『梟の城』で直木賞受賞。六一年に産経新聞社を退社して専業作家となる。戦国時代、幕末から明治期の日本と日本人を描いて歴史小説界の第一人者となる。『「昭和」という国家』などで近現代の日本論を展開するが、小説としての昭和は書かれないままに終わった。

コラム▶テツオの部屋

「あさかぜ」の思い出

私は子どもの頃から鉄道に乗るのが好きで、小学生のときから一人で旅行をしていました。はじめて寝台特急「あさかぜ」に乗ったのは一九七六（昭和五十一）年七月、中学二年生のクラブの旅行でのことです。当時の東京駅の時刻表はいまでも覚えています。花形特急列車が発車する一八時台が東海道本線のゴールデンタイムで、一八時ちょうどが西鹿児島（現・鹿児島中央）行きの「富士」、一八時二〇分が浜田行きの「出雲」、二五分が博多行きの「あさかぜ」一号でした。ちなみに「あさかぜ」は二本あり、二号は下関行きでした。

私が乗ったのは一号のB寝台です。一番上等なのはA個室でしたが、もちろんそんな車両には乗れるわけがありません。B寝台は扉のない客室の両側に三段式のベッドがあり、六人が向かい合わせで乗るため、ものすごく狭い。でも、やはりうれしかったですね。広島に翌朝六時過ぎに到着するのですが、その手前で目が覚めました。当時のブルートレインは、やはり憧れの的だったのです。

『点と線』をはじめて読んだのは、その旅行から帰ってしばらくしてからのことです。「あさかぜ」が発車するのは十五番線から十三番線に変わっていましたが、横須賀線のホームに隣接する位置関係は変わっていませんでしたので、冒頭の東京駅の情景はありありと目に浮かびましたし、四分間の間隙をついたトリックには思わず息をのみました。それ以降、清張の小説の熱心な読者になったことは言うまでもありません。

鉄道好きの視点から見ると、清張の小説には興味深い発見がいろいろとあります。たとえば『点と線』に登場する国鉄と西鉄の香椎駅。私は香椎という駅名は知っていましたが、国鉄と並行して西鉄がそれほど至近距離で走っているということまでは知りませんでした。そして、その事実があんなに重要なトリックに使われるということが新鮮でした。

この小説での国鉄と西鉄の描写から一つわかることがあります。それは、当時の国鉄は基本的に汽車で本数が少ない、私鉄は電車で本数が多い、ということです。

情死事件を一人で調べてみようと再び香椎潟の現場に行く鳥飼刑事は、西鉄で香椎に向かいます。「香椎に行くには、汽車の時間をみて行くよりもこの方が便利である」とあります。つまり、鹿児島本線は汽車で本数が少ないからいちいち時間を調べていく必要があるが、西鉄は本数が多いためさほど待たずに乗れるということです。これは当時の地方では一般的な感覚で、東海や関西や広島など国鉄と私鉄が並行していたところでは、地元の人々はたいてい私鉄を利用していました。

（写真提供／ピクスタ）

そういうわけですから、はじめは鳥飼も、佐山とお時は当然西鉄で香椎に来たと思いこんでいました。ところがふと、国鉄の可能性もあると思い駅の時刻表を見上げてみると——。「博多の方から来る上りで二十一時二十五分があった！」。この「！」は、本数が少ない国鉄なのに、二人が利用した可能性のある列車があった、という驚きなのです。

第二章　高度経済成長の陰に――『砂の器』

『砂の器』とその時代

『砂の器』は、一九六〇（昭和三十五）年五月十七日～六一（昭和三十六）年四月二十日に『読売新聞』夕刊に連載され、六一年七月に光文社から刊行されました。

一九六〇年五月といえば、六〇年安保闘争が最も盛り上がり、世の中が騒然としていた時期です。新安保条約は翌六月に自然成立し、岸信介《のぶすけ》内閣[*1]は総辞職。代わった池田勇人《はやと》内閣[*2]が「所得倍増計画」を打ち出し、政治対決姿勢から経済成長政策に大きく舵を切っていくという時代です。

まずは物語のあらすじをご紹介しましょう。

東京・蒲田《かまた》の操車場、すなわち国鉄京浜東北線の蒲田電車区で、男の扼殺《やくさつ》死体が発見されました。前夜、近くのバーで被害者を見かけた客や女給たちの証言から、被害者には東北訛《なま》りがあり、連れの男との会話に「カメダ」という言葉が交わされていたことがわかりました。捜査一課の刑事・今西栄太郎《いまにしえいたろう》は、この「カメダ」を手がかりに捜査を開始。「カメダ」は人名ではなく、羽越本線の駅名の「羽後《うご》亀田」のことではないかと気づき、若い所轄署刑事の吉村弘とともに秋田県の羽後亀田に赴くのですが、手がかりはつかめません。

その後、被害者の身元がようやくわかり、島根県出雲地方の訛りと東北訛りが似ていることを突き止めた今西は、被害者の三木謙一が島根県を走る木次《きすき》線の亀嵩《かめだけ》で巡査をしていたという情報をつかみます。しかし、亀嵩に赴いた捜査でわかったことは、三木謙一が飛び抜けて立派で善良な人間だったことだけで、「怨恨《えんこん》犯罪の被害者」という想定での今西たちの捜査は行き詰まります。そんな折、今西は偶然読んだ雑誌のエッセイから、苦労の末に犯人が事件当日着ていたシャツを始末した女性を浮上させますが、その女性は自殺。彼女が所属していた劇団の男性も不自然な死を遂げます。

男性の死と三木殺しの真犯人との接点を探る今西は、捜査先の羽後亀田で見かけた「ヌーボー・グループ」という集団に属する新進芸術家たちの動静に注目し続けます。そして執念の捜査の結果、三木が旅行先の伊勢から急遽《きゅうきょ》東京にやってきた理由を解明。同時に、ハンセン病[*3]の肉親との縁を断って芸術家として栄光の座につこうとする青年の知られざる過去を見出したのでした。

中年刑事が見た新進芸術家集団

第一章の『点と線』では、特急や寝台に乗ることのできる官僚や省庁への出入り業者と、急行の三等車にしか乗れない刑事の格差が描かれていました。『砂の器』は、そうした格差がさらに強調されている小説です。

まず対照的なのが、蒲田の殺人事件を捜査する今西刑事と、新進芸術家集団「ヌーボー・グループ」のメンバーたちです。『点と線』の三原警部補と同じく、今西刑事はおそらくノンキャリアで、少ない捜査費用で地道に真実を探り続ける刑事です。東京の北区滝野川に妻の芳子と住んでいるのですが、家は日当たりが悪く、「バス通りに面しているので、そのたびに家の中が震動する」といいます。妻は引っ越したがっているものの、「給料が安いので、高い家賃の家には越せない」。そんな中年の刑事です。

一方、今西とは対照的に、新進気鋭の文化人として世間の注目を集め、夜ごと集っては都心のバーに繰り出すのがヌーボー・グループの面々です。作曲家、劇作家、批評家、画家などから成る「進歩的な意見を持った若い世代の集まり」である彼らは、学歴もあり、みな輝いています。

彼らは書く文章からして、普通の人とは違います。小説の中では、メンバーの一人である批評家の関川重雄《せきがわしげお》が新聞に寄稿したという文章が、二回ほど引用されます。同じくヌーボー・グループのメンバーである作曲家・和賀英良《わがえいりょう》の非常に前衛的な作品発表会を評して、関川は次のように書きます。

和賀英良の今度の発表会を聞いてこの危険を感じるのは、ひとりぼくだけであろうか。感覚的な発想という精神は、工学的技法という工業と分離し、観念が工業技術に振り回される感想を、ここでもぼくは持たざるをえなかった。（略）和賀英良はこの発表会でも、そのモチーフを、仏教説話や古代民謡などの東洋的瞑想《めいそう》、あるいは霊感的思想に求めた。しかし、その着想的衣装《いしょう》の古めかしさは常に新しきものが古典に循環するという通俗的現象をまぬがれなかった。（「第八章　変事」）

この記事を読んでいた今西は、三分の一を残して「あとを投げた」といいます。何が書いてあるのかさっぱり理解できなかったからです。

当時、実際にこういう「〇〇的」という言い回しを濫用する文化人がいたのでしょう。清張はそれをパロディ化しているわけです。いまでも学者の中にはこの種の悪文を書く人がいて、私も辟易《へきえき》していますから、ここを読んだときには快哉《かいさい》を叫びました。どうしてこんなにわからないのだ、と憮然《ぶぜん》とする今西には、エリートではない清張の怨念に近い気持ちが色濃く反映されていると思います。

ヌーボー・グループの中の格差

それはともかくとして、このヌーボー・グループという存在はかなりリアルだと思います。既存の権威に挑戦し、大御所の芸術家たちを「亡霊の最たる者さ」などと切り捨てる。こうした若者の存在を描く背景には、さきほど指摘した六〇年安保闘争が盛り上がった時代の風潮があると思います。この運動では、一九六〇（昭和三十五）年六月十五日に学生デモ隊約四千人が国会に突入し、デモに参加していた東大生の樺美智子《かんば》が死亡しました。その死は新聞などで大きく取り上げられ、彼女は有名になりました。

清張は執筆時に、この六〇年安保を横目で見ているという気がします。彼が『砂の器』

『砂の器』を連載していた1961年、東京・上石神井の自宅の書斎で（写真提供／文藝春秋）

の構想を練り始めたのはもちろんそれよりも前だと思いますが、エリートの大学生が脚光を浴び、時代を動かしていくという胎動は感じていたでしょう。小説の中のヌーボー・グループは大学生ではなく、二十代後半と年齢は少し上ですが、たとえば日本共産党に反発して新左翼[*4]が出てきたり、石原慎太郎（一九三二〜）が一橋大学在学中に『太陽の季節』で芥川賞を受賞したりしたように、若手が台頭し、上の世代の権威を否定していくという空気はあったと思うのです。そういう意味で、ヌーボー・グループはいかにもありそうな集団です。ネーミングも非常にうまいと思います。

実際に一九五八（昭和三十三）年には、石原慎太郎のほか、江藤淳（一九三二〜一九九九）、浅利慶太（一九三三〜二〇一八）、大江健三郎（一九三五〜）、武満徹（一九三〇〜一九九六）、寺山修司（一九三五〜一九八三）、谷川俊太郎（一九三一〜）ら同世代の若手が集まり、「若い日本の会」が結成されています。ヌーボー・グループは、この会をモデルにしているように思われます。

一枚岩のように見えるヌーボー・グループの中にも、格差が存在します。グループといっても個々の間ではライバル関係にあったりして、穏やかではない。なかでもわかりやすいのは和賀と関川の関係です。

天才作曲家・和賀英良は、前衛音楽の旗手として脚光を浴びるのみならず、大物政治家・田所重喜《しげよし》の娘で、若手女流彫刻家の田所佐知子と婚約しています。そんな和賀に対し、関川はコンプレックスを抱いています。関川は三浦恵美子という銀座のバーの女給と付き合っているのですが、彼女との関係を周りにはひた隠しにしています。批評家として成功を目指す男が女給と交際しているのが知られたら、自分のキャリアは終わってしまうと関川は考えているのです。恵美子のアパートを訪ねたところを少しでも人に見られてしまったと感ずるや、関川は恵美子に引っ越しをさせます。

女給というのは、女性給仕人の略称です。大正から昭和にかけて、女給は銀座のカフェーで客から金をもらう代わりに風俗的なサービスを提供していました。戦後、カフェーはバーやクラブになったわけですが、女給という言葉には戦前からのイメージが残っていました。だからこそ関川は、女給と付き合っていることを隠そうとしたのです。

和賀のフィアンセとして堂々と人前に現れ、みなに祝福される田所佐知子。自らの存在を隠すよう強制され続け、最終的には殺されてしまう三浦恵美子。ここに女性同士の中にある格差を見ることもできるでしょう。

住宅事情に見る暮らしの現実

今西栄太郎、和賀英良、三浦恵美子。この三者を見たときにおもしろいのは、誰が東京のどこに住んでいるのかを清張がきちんと書いていることです。このあたりの地理に対する感覚は、やはり清張ならではです。出来事や人物と場所を、非常にうまく結びつけている。これが清張の小説を立体的なものにしている、一つの秘密であることは間違いないでしょう。

さきほど紹介したように、今西は滝野川に住んでいます。東京二十三区の北部、北区にある庶民的な町で、現在は都営三田線が走っているところを、当時は都電が走っていました。巣鴨のとげぬき地蔵が近く、妻と二人で縁日に出かけ、盆栽を買うシーンなども出てきます。今西の生活はこのように下町的な場所で営まれています。

一方、ヌーボー・グループの和賀が住んでいるのは、東急沿線に当たる大田区の田園調布です。現在でも田園調布は高級住宅地として有名ですが、当時も、地方から出てきた人間にとって、田園調布に家を建てることは、それがたとえ狭い家であろうと、一つのステイタスでした。田園調布はやはり別格なのです。

関川の恋人である三浦恵美子が最初に住んでいたのは、渋谷の坂を上がった住宅街にあるという小さなアパートです。ここで一つおもしろいのは、恵美子のアパートからこの頃の東京の住宅事情が見えてくることです。

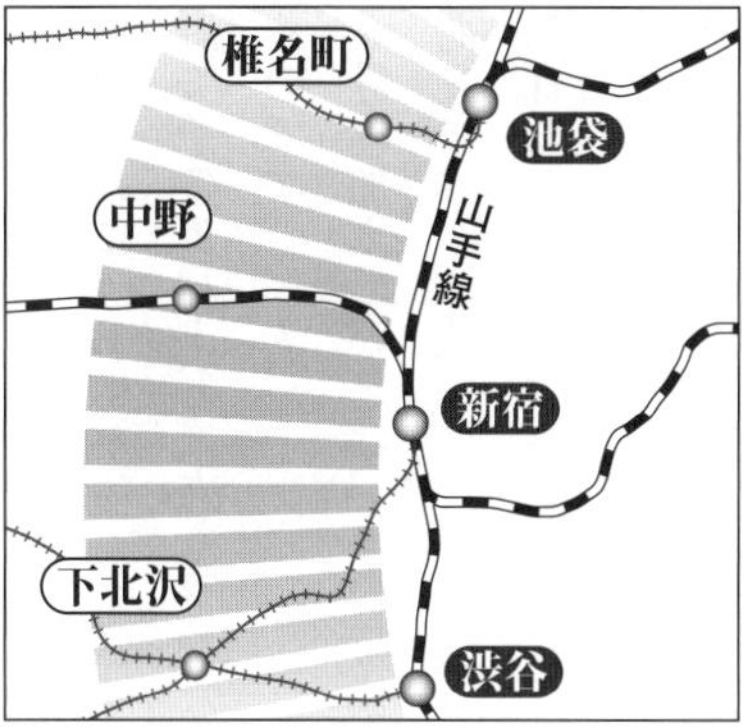

木賃ベルト

当時の東京には、山手線のすぐ外側に「木賃《もくちん》ベルト」と呼ばれる一帯がありました。木賃とは木造賃貸アパートの略で、池袋、新宿、渋谷といったターミナル駅の西側に、安い木造の賃貸アパートが密集していたのです。木賃は風呂なしでトイレは共同。部屋もたいてい六畳一間と狭いものでした。池袋から西武池袋線で一駅の椎名町に有名なトキワ荘[*5]がありましたが、ちょうどあんな感じのアパートです。

木賃には貧しい若者や大学生などが住んでいました。小説の中でも、恵美子の部屋の斜め向かいには学生が住んでいて、週末になると徹夜で麻雀をしています。そして関川は、恵美子のアパートに立ち寄った際、この大学生に顔を見られたと思い込み、恐怖におののくのです。

付け加えていえば、この時代に公団住宅、すなわち団地が高嶺の花だった理由はここにあります。木造ではなく鉄筋コンクリートで、風呂もトイレもあり、プライバシーが完全に保たれている。木賃に住んでいる人間からすれば夢のような空間です。それが続々と郊外にできた。いまの感覚でいうと、木賃の方が都心に近いから、条件がよいのではないかと思うかもしれませんが、当時は逆でした。郊外こそ、真新しい団地が輝く憧れの場所だったのです。

今西栄太郎の妻・芳子にも一言触れておきましょう。芳子は、ほとんど旅行をしたことがないという設定になっています。京都にすら行ったことがない。しかし、そうした人がいることも、当時はさほど珍しいことではなかったような気もします。同じ東京に住んでいても、今西芳子のように京都にすら行ったことがない人間がいて、他方では和賀英良のように仕事で成功してこれからアメリカに行く人もいる。非常に大きな違いが描かれています。

太平洋側と日本海側の〝落差〟

第一章の『点と線』では、東京から東海道本線や山陽本線を通って博多に至る特急「あさかぜ」が登場するなど、太平洋側の地域が物語の主要な舞台の一つでした。『砂の器』では一転して、東京以外では主に日本海側の地域において物語が展開します。ここで印象的なのは、当時における日本海側と太平洋側の違い、あるいは〝落差〟です。

東京にいる今西が最初に目指したのは秋田県です。今西は、蒲田での死体発見前夜に被害者と同じ店にいた人たちが証言した、東北訛りと「カメダ」という言葉から、羽越本線の羽後亀田に着目します。そして若い刑事の吉村を伴い、羽後亀田まで捜査に出かけます。

二人が乗るのは上野発の夜行の急行「羽黒《はぐろ》」。上野から高崎線、上越線を経て日本海側に出て、新潟県、山形県を北上して秋田県に至る、信越・羽越本線回りのルートです。太平洋側には「あさかぜ」のようなデラックスな特急が走っているわけですが、日本海側にはそんな特急はまだなく、お金のあるなしにかかわらず急行に乗るしかありません。

東北の方は初めてという二人は、十一時ごろまでは眠れなかった。暗い窓に疎《まば》らな人家の灯が流れて行く。夜で景色は何もわからなかったが、それでも、その闇《やみ》の中から東北の匂《にお》いがしてくるような気がした。（「第二章　カメダ」）

夜が明ける頃に鶴岡に到着し、酒田を経て、羽後本荘《うごほんじょう》で普通列車に乗り換え、十時頃に二人はようやく羽後亀田に着きます。

しかし羽後亀田では、一週間ほど前に町に不審者が現れたということ以外、さしたる情報を得ることはできませんでした。収穫なく東京に戻ることになった二人。列車が来るまでの時間つぶしに、二人は海を見に行きます。

「渺茫《びょうぼう》たるものですな」

吉村は、砂の上を歩いて海を見晴らした。一望の水平線には島影一つ見えない。西に傾いた陽《ひ》が、海の上に光の帯を作っていた。

「やっぱり日本海の色は濃いですね」

吉村は眺めて感嘆した。

「太平洋の方だともっと色が浅くなります。こちらの感じのせいかもしれないが、色が濃縮されたという感じですね」

「そうだな。やっぱりこの色が東北の風景に似合うんだね」(同)

羽後本荘や羽後亀田といった、東北以外の人にとってはあまりなじみのない旧国名の付いた駅名や、太平洋とは違う日本海の荒涼とした風景。こうした描写は、読者のイメージを大いに刺激したと思います。いまほど旅行が簡単ではなかった当時、多くの読者は二人の旅の様子を読み、同じ日本でありながら全く違う土地に行くような感覚を持ったのではないかと思います。

経済成長から取り残されたもの

次に今西が向かったのが、犯人にゆかりの地かもしれないとして浮上した、島根県出雲地方の亀嵩です。ここも同じく日本海側です。今西はそこに出かけるため、今度は一人で東京駅から急行「出雲《いずも》」に乗るのですが、これは羽後亀田行きに輪をかけて時間がかかる旅でした。

まず向かうのは松江です。東京二一時三〇分発、松江一七時一一分着。今西が乗ったのは二等車です。一九六〇（昭和三十五）年七月に一・二・三等級制が廃止されたため、二等車と言っても従来の三等車に当たります。

彼は横にだれも居ないので、座席に横たわって腕を組んだ。肱《ひじ》かけをしばらく枕《まくら》にしていたが、後頭部が痛くなった。体の向きを換えたが窮屈である。国鉄の二等車は、客を楽に眠らせないような仕掛けになっている。（「第六章　方言分布」）

彼は米原《まいばら》を過ぎたあたりで目が覚めて、京都で朝ごはんに駅弁を買います。

昨夜、妙な格好で寝たせいか、頸筋《くびすじ》が痛い。今西は、自分の頸を摘《つ》まんだり、肩を叩いたりした。

それからが長い旅だった。（同）

京都からは山陰本線に入ります。日本海側に北上し、豊岡、鳥取、米子などを経て、松江に到着したのは夕方五時過ぎ。ここから亀嵩に向かっても、現地の警察署に訪ねる相手はもう帰宅している。そこで今西は松江に宿を取ります。夕食後に街を歩くのですが、体はくたくたでした。

今西は、疲れていた。

昨夜は、寝苦しいところで十分な睡眠もできなかったし、今日は、それからずっと乗りつづけてきたので、体が痛かった。（同）

そこで今西はどうしたかというと、「すぐ宿に帰り、按摩《あんま》さんを呼んでもらった」。「刑事の出張旅費では按摩は贅沢だが、奮発した」というのです。

この詳細な旅の描写は、『点と線』のときと同様、当時の急行の旅の難行苦行ぶりをよく伝えています。ちなみに亀嵩までは、松江からさらに山陰本線と木次線を乗り継ぎ、二時間半あまりかかりました。東京から二日がかり。出雲はとにかく遠かったのです。

今西は、亀嵩行きの後、三木謙一が巡査時代に助けた本浦千代吉の故郷である、石川県の山中温泉にも出かけます。石川県ももちろん日本海側です。ここでの描写は、秋田や島根に増してさらに寒々としています。

今西は東京駅から夜行に乗り、米原で北陸本線に乗り換えて大聖寺《だいしょうじ》に向かいます。大聖寺から「電車に乗った」とありますが、これは当時のローカル私鉄の北陸鉄道山中線です。この線は一九七一（昭和四十六）年に廃止され、大聖寺の隣駅に当たる加賀温泉が温泉の下車駅になりましたが、ともかく今西は大聖寺から北陸鉄道に乗り換えて山中温泉まで行き、そこからさらにタクシーで、山の方角にある目的地まで向かいます。小説では「××村」と表記される人里離れた集落の、いまでは到底あり得ないような貧しさが描写されています。

清張はこうして日本海側の町や村を次々に描くことで、高度成長から取り残される、もう一つの日本の姿を示したかったのかもしれません。

事実に基づくトリック

『砂の器』では、方言がトリックに使われています。具体的に言えば、東北弁と出雲地方の方言が似ているため、今西たちが捜査の初動を誤り、亀嵩ではなく羽後亀田に向かってしまったのです。

前回、『点と線』のトリックは実際の時刻表に基づいていたと述べましたが、この方言の類似も事実です。『砂の器』の中に、東条操編『日本方言地図』（吉川弘文館、一九五六年）の「音韻《おんいん》分布図」（金田一春彦作図）をもとに作成された図が掲げられていますが、これを見ると、東北から北関東にかけての一帯と、島根県の出雲地方に同じ網掛け模様がかかっていて、この二つの地域では同じ音韻の言葉を話すことがわかります。

東北での捜査が成果を生まず行き詰まった今西は、証人たちがそろって東北弁だと言った被害者の方言は本当に東北弁だったのか、似たような言葉が違う地方で話されている可能性はないかと思い、警視庁の広報課や文部省（現・文部科学省）の技官を訪ね、文献をあたります。そこでは、「出雲の音韻《おんいん》が東北方言のものに類似していることは古来有名である」という一文を含む「中国地方の方言のことを書いた本」（タイトルは不明）や、「出雲は越後並びに東北地方と同じように、ズーズー弁が使われている」という一文で始まる『出雲国奥地における方言の研究』と題する本の一節が引用の形で掲載されています。

これらは実在する本の要約だったり、いくつかの本から論点を抽出してまとめたものだったりするのですが、当時の研究成果に拠っています。『点と線』同様に、フィクションの中にノンフィクションの要素を組み込んでいるのです。

亀田と亀嵩が東北と山陰にあるというのも、事実に基づいています。小説で出てくるのは、羽越本線の羽後亀田と、木次線の亀嵩という駅名によってです。けれども、地図に「羽後亀田」という駅名は載っていても、「亀田」という地名はない。古い城下町である亀田は、町名でいうと岩城町（現・由利本荘市）にあるとわざわざ説明しています。

つまり、「カメダ」のトリックの着想を、地名ではなく駅名から得ているわけです。やはり清張という人は、いろいろなことを鉄道から見たり考えたりしているようで、こうしたトリックは、時刻表を相当読み込んでいないと思いつくことはできないでしょう。時刻

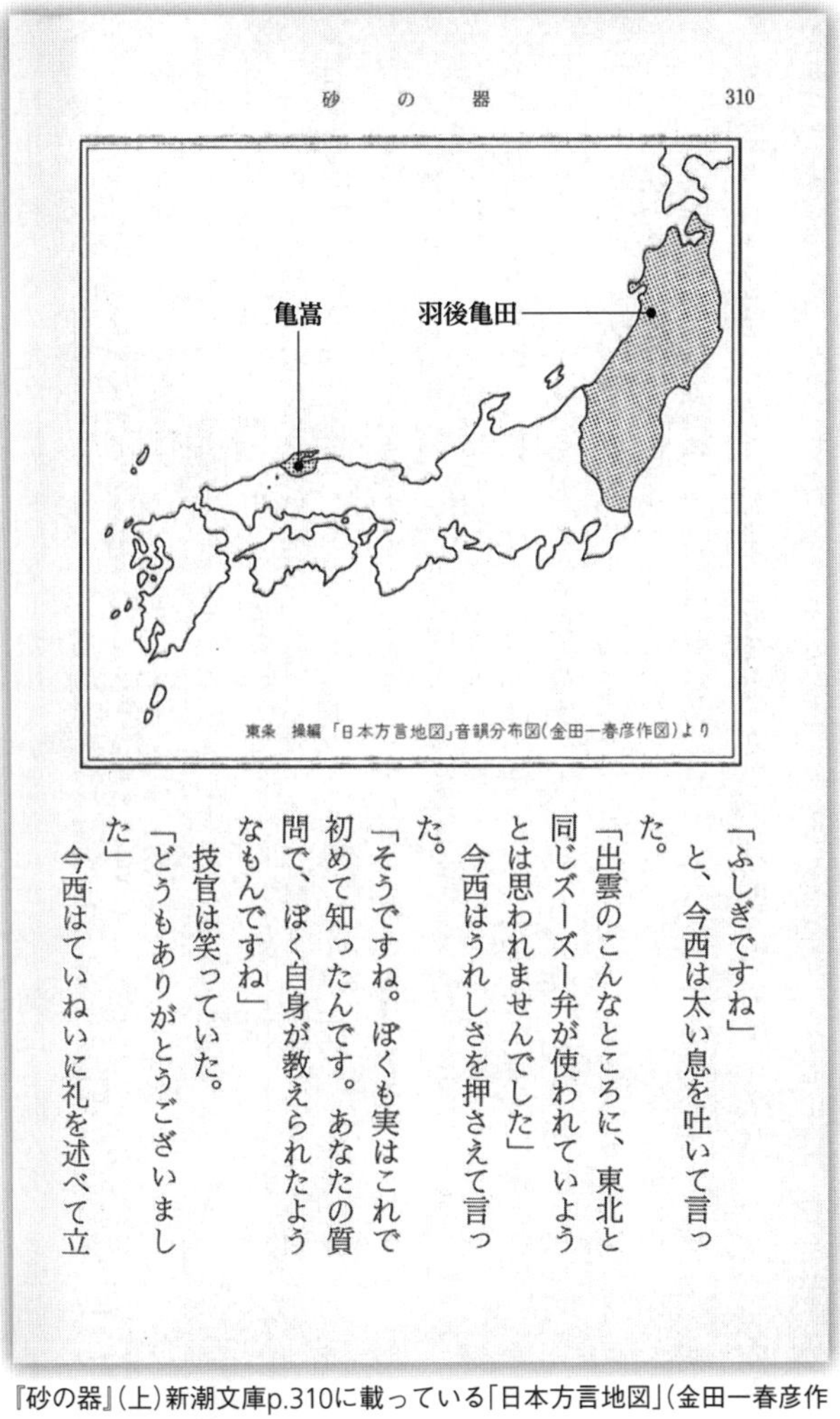

「ふしぎですね」

　と、今西は太い息を吐いて言った。

「出雲のこんなところに、東北と同じズーズー弁が使われていようとは思われませんでした」

　今西はうれしさを押さえて言った。

「そうですね。ぼくも実はこれで初めて知ったんです。あなたの質問で、ぼく自身が教えられたようなもんですね」

　技官は笑っていた。

「どうもありがとうございました」

　今西はていねいに礼を述べて立

『砂の器』(上)新潮文庫p.310に載っている「日本方言地図」(金田一春彦作図)。地名は編集部で加筆表には市町村などの地名はなく駅名しか出ていませんから、何度も読んでいると駅名が自然と頭に入ってきます。そのように予備知識として駅名が頭に入っていないと、二つの駅名の響きが似ているなどということはなかなか思い浮かばないと思うのです。

清張が駅名に着想を求めたのは、鉄道の駅名が人々の移動を象徴しているという側面があったからではないでしょうか。当時はまだ高速道路が全くなく、旅行といえば鉄道の旅が圧倒的に多かった時代です。現在なら、地名のトリックも○○インターや××ジャンクションという発想から生まれるかもしれませんが、この当時はそうではありませんでした。○○駅で降りて××線に乗り換える、といった行動はいまよりもはるかに一般的で、それだけに、駅名の持っている意味合いもより大きかったと思います。

東京中心史観の相対化

鉄道や方言など事実をフィクションに巧みに取り入れ、日本海側の生活風景や、個人のうちに隠された壮絶な運命を描く『砂の器』。この作品において、清張はなぜ、表向きに見えていることの「裏側」を探求しようとしたのでしょうか。そこには、東京中心のものの見方、言い換えれば東京中心史観を相対化したいという清張の思いがあるように感じられます。

日本海側の方言や地名のほかに、『砂の器』ではもう一つ重要な事実が物語の展開に関係します。それは、一九四五（昭和二十）年三月十四日に、大阪で米軍による大空襲があったという事実です。四千人近い犠牲者を出したこの空襲により戸籍原簿が焼失し、戦後、本人の申し立てによる戸籍の再製が行われたといいます。ハンセン病を患っていた本浦千代吉の息子である本浦秀夫は、これを巧みに利用して自らの戸籍を偽造し、父・千代吉との縁を断って和賀英良と名乗るようになります。

三月十四日に大阪で大空襲があったことは、一般的にはあまり知られていないのではないでしょうか。なぜなら、一般とはすなわち東京中心史観だからです。三月十日に東京大空襲があったことはよく知られています。しかし、その四日後に大阪が大きな空襲に見舞われていたことは、ほとんど知られていません。

これは案外重要なことで、太平洋戦争では日本中の都市が空襲にあったことはみんな何となく知っているわけですが、具体的にどの都市でいつ空襲があったかまでは知らないわけです。東京大空襲以外で記憶されているのは、おそらく広島と長崎に原爆が投下された日だけでしょう。

清張は、大空襲といえば東京しか思い出さない人が多い中、大阪の大空襲をトリック成立の要因として作品に取り入れています。これは東京中心史観からは書けないことです。

そしてもう一つ。清張は、富と権力が集積する東京だけを見ていては書けないことを、この小説の中で描いています。それがハンセン病の問題です。

想像を絶する落差

和賀英良が戸籍を捏造《ねつぞう》してまで隠したかった過去。それは、父親がハンセン病患者であるということでした。戸籍を捏造して実父との縁を切り、完全な別人になって一人で生きようと決めた青年は、亀嵩から大阪、京都へと逃れ、後に東京にやってきて、作曲家として華麗なる成功を収めます。この和賀の運命には、地方と東京、日本海側と太平洋側といった格差に加え、さらに複雑な問題が絡んでいます。

中年になってハンセン病を発病した本浦千代吉は、長男の秀夫を連れて遍路の旅をしていました。秀夫が七歳のとき、二人は島根県の亀嵩にやってきます。そこで出会ったのが、亀嵩駐在所にいた親切な巡査・三木謙一でした。

三木は千代吉を岡山県児島郡にある療養所に入れる手続きを取り、規則にのっとって秀夫を父親から隔離し、手元に保護しました。この三木の行動は彼の善意に拠っていたわけですが、より広い目で見れば、ハンセン病患者が長きにわたり置かれていた境遇が反映されていることに気づきます。

それはすなわち、社会から隔離されるということです。ハンセン病は、らい菌に感染することによって起こる病気で、顔や手足などの変形を起こします。かつては「不治の病で、子孫に遺伝する」といった迷信が流布しました。『砂の器』の舞台となった時代においては、ハンセン病患者は社会から隔離することが当時の常識で、三木もその常識に従い、千代吉を岡山県の施設に入れる世話をしました。岡山県の瀬戸内海に浮かぶ長島には実際にハンセン病患者の療養所が二つありますから（長島愛生園と邑久《おく》光明園）、清張はそこをモデルに想定したのでしょう。

いったん療養所に収容されるや、患者たちは原則としてそこから出られませんでした。

政府はそのような「らい予防法」[*6]による隔離政策を、特効薬プロミンの発見によって治る病気となった戦後も維持しました。さきほど大阪の空襲で戸籍が全焼したという話をしましたが、戦争によって大きく断絶したものがある一方、ハンセン病患者への対応には、戦前と戦後の間に強い連続性があります。施設に入れられた本浦千代吉は、実は隔離政策の被害者なのです。

一方秀夫は、そのような常識から抜け出してひたすら逃げることを選びました。そして和賀英良と名を変えた上で、東京へと出奔するのです。和賀自身がハンセン病に罹患することはなかったものの、ハンセン病患者の血縁であることを隠そうとしたわけです。このことの裏返しですが、ハンセン病患者は戦後も故郷で暮らす親族に迷惑がかかるのを恐れて、本名を名乗らない場合が多かったと言います。

和賀が居を構えた田園調布の家は、それほど華美には描かれていません。それよりも強く印象に残るのは、和賀がフィアンセの田所佐知子と一緒に、佐知子の父で農林大臣になる田所重喜に招かれてバーベキューを食べる広大な館・霽風園《せいふうえん》です。

私の見立てでは、霽風園のモデルは東京・目白の椿山荘《ちんざんそう》（現・ホテル椿山荘東京）です。

椿山荘は公爵山県有朋《やまがたありとも》（一八三八〜一九二二）の元邸宅で、『砂の器』では「元公爵家《こうしやくけ》」の邸宅とされていますが、権力者の館という意味で東京の象徴です。

一方では岡山に隔離されたハンセン病患者の療養所があり、他方では東京の真ん中に権力者の館がある。和賀英良は、前者との縁を一人断ち切って後者の側に行ったわけです。そのあいだには天と地ほど離れた、まさに雲泥の差といっていいような、想像を絶する落差がある。あの館の場面は、麻布市兵衛町（現・港区六本木）の高台にある田所重喜の邸宅とともに、『砂の器』の中で最も強烈な印象を残す光景の一つです。

時代の矛盾に目を向ける

『砂の器』が描くのは、高度成長期の日本です。戦前の日本がどんどん刷新され、古いものが捨てられ、ものすごい勢いで新しいものに変わっていく時代です。その過程において、いわば振り落とされ、忘却されていくものがあったわけですが、清張はそこから目を離しませんでした。

東京を中心とする都市部だけが近代化され、他方で変わらない地方がある。するとますます格差は広がり、和賀や関川のように地方から東京に出て成功を収めつつあるように見える人と、一生地方から出られないような人との運命の違いも一層鮮明になります。清張はその落差を描きました。

また、戦後というのは一見すると、戦前的なものが否定されていく時代でした。天皇の地位が大きく変わり、陸海軍がなくなって日本国憲法ができ、基本的人権がうたわれ、男女の普通選挙も実施されるようになりました。

にもかかわらず、戦前を引きずっていたものがいくつかあり、その一つがハンセン病患者への対応でした。隔離政策そのものは戦後も維持され、これは間違いではないということになっていたからです。らい予防法が廃止されたのは一九九六年、政府が隔離政策の誤りを最終的に認めて謝罪したのは、二〇〇一年の小泉純一郎内閣のときでした。二〇一九年六月には、ハンセン病の元患者家族の被害に対して国の賠償を命じる熊本地裁の判決があり、七月には安倍晋三首相がこの判決を受け入れることを表明しています。

本浦千代吉を保護した三木巡査は善人ということになっていますが、本当は、彼の善行を讃える前に、千代吉を施設に入れなければいけないとする法律はおかしい、政府の隔離政策は間違っている、と言うべきなのです。ですから、本浦秀夫が脱走したのはある意味で正しいのです。間違った政策で隔離された父の運命に従う必要は、本来ないのですから。

誰からも批判されることのない三木のような善人の行動にも、実はこうした矛盾が潜んでいました。だからこそ、念願だったお伊勢参りに出かけた先の映画館で、田所一族と写真に収まる和賀英良を偶然見かけた三木は、そこになつかしい本浦秀夫の面影を見出し、喜びいさんで出かけた東京で、かつての秀夫こと和賀に殺されてしまうのです。

和賀が恐れたのは、幼い頃の自分を知る三木によって、ハンセン病にまつわる過去が知れわたってしまうことでした。作曲家として成功し、大臣の娘とも婚約し、さらなる成功を目指してアメリカに行こうとしているその栄光が、過去の経歴によって台無しになってしまうという恐怖です。なぜ和賀は恐れたのか。そこには、戦後も社会の中で維持された、ハンセン病に対する差別構造があることは明らかです。

清張は『砂の器』を通して、高度成長に沸く戦後の日本に、なお解決されない根本的な問題が横たわっていることを浮かび上がらせたのです。

＊1　岸信介内閣

一九五五年に自由民主党が結成（保守合同）されると岸は初代の幹事長に就任。五七年に首相の座に就き二次にわたり組閣（〜六〇）。野党・労働団体との対決姿勢を鮮明にし、強引な対決路線を驀進したあと総辞職。

＊2　池田勇人内閣

岸内閣の総辞職を受けて首相の座に就いた池田は「低姿勢」「寛容と忍耐」をスローガンに、保革対決の鎮静化と経済成長に政策の重点を置き三次にわたり組閣（一九六〇〜六四）。病を得て東京オリンピックの閉幕直後に退陣を表明し翌年死去、池田のあとは岸の実弟・佐藤栄作が組閣して政治の季節が再び始まった。

＊3　ハンセン病

らい菌に感染することによって起こる病気。感染力は非常に弱く、現在の日本の環境下で感染・発病することはほとんどない。国による「らい予防法」によって一九九六（平成八）年まで隔離政策がとられ、患者は長く差別の対象とされてきた。実際は四七年から特効薬による治療が普及し、現在では感染しても治る病気となった。

＊4　**新左翼**

一九五五年の六全協（日本共産党第六回全国協議会）で共産党が武力戦術を放棄し議会主義路線に転換したことに反発し、離党したり除名されたりした学生党員らが、ブント（共産主義者同盟）などの新左翼セクトを結成し、武力闘争による世界革命を目指す運動を開始。六〇年には全学連を指導して安保改定反対闘争の中心的役割を果たした。

＊5　**トキワ荘**

東京都豊島区にあった木造二階建ての賃貸アパート。一九五〇年代はじめに手塚治虫が入居して以来、寺田ヒロオ・藤子不二雄・石森章太郎・赤塚不二夫ら才能ある若手漫画家が入居して「漫画家の梁山泊」と化すが、老朽化により当時の建物は八二年に解体された。

＊6　**「らい予防法」**

明治政府は一九〇七（明治四十）年に「癩予防ニ関スル件」という法律を制定してハンセン病患者の隔離政策を開始、三一（昭和六）年に改定された「癩予防法」では隔離規定がさらに強化された。一九四一年に特効薬が発見されていたにもかかわらず第二次大戦後においても「らい予防法」と名称を変えて隔離政策は継続された。

コラム▶テツオの部屋

昭和の車内とお伊勢参り

清張小説の鉄道や旅の描写に着目すると、当時の世相というものがよく見えてきます。『砂の器』で私がおもしろいと思ったのは、「第五章　紙吹雪の女」で、犯人が返り血を浴びたシャツを協力者の女性が切り刻み、甲府から新宿に向かう中央本線の普通列車の窓から投げ捨てる場面です。あそこで、女性の向かいに座って執拗に話しかける中年男性が出てくるでしょう。大月から乗ってきて新宿に着くまで、迷惑そうにする女性に構わずずっと話しかけています。

あの状況は、普通列車のボックス型の座席だからこそ起こりうるわけで、当時は向かい合わせで座れば話しかけるというのがわりと当たり前でした。もちろん、偶然乗り合わせた者同士の楽しい会話の場合もありますが、「車中で若い女性が中年男に誘惑をかけ

（写真提供／ピクスタ）

られる」ということも問題になっていて、小説の中では通路を隔てて向かいに座っていた新聞社の学芸部の男が、いざとなったら女性を助けようと、ずっと二人を注視していたという設定です。

これには私もいろいろと思い出すことがあります。実際に昔、私も似たような場面に出くわしたことが何度かあるのです。ボックス席で中年男がしつこく女性に話しかけている。相手が常に嫌がっているわけではないのですが、明らかに男に下心があるなと感じることはありました。

ただ、いまこの場面を読むと、男が話しかけることを完全に否定的に見ていいのかというと、そうでもないという気がしないでもありません。というのも、いまでは首都圏の電車からボックス型の座席がほぼなくなり、車内の風景は全く逆になっているからです。つまり誰も話をしない。それぞれがスマホの画面だけを見たり、イヤホンで音楽を聴いていたりして、他者を完全にシャットアウトしています。すると、何か非常事態が起きたときにどうするのか。たとえば倒れた人がいても、誰も声をかけないということが起きないとも限りません。一方『砂の器』の当時は、車内で話をするというのは当たり前で、他人同士といっても互いに気を配るという面があった。ですから、一概に非難されることでもないのではないでしょうか。

もう一つ興味深いのが「お伊勢参り」です。

殺された三木謙一は、一生に一度はお伊勢参りに行きたいと言って岡山から旅に出ました。現在ではこの感覚はだいぶ薄れていると思いますが、捜査のため伊勢を訪れた今西刑事も伊勢神宮に参っています。「せっかくここまで来たことだし、参拝をすまさずに帰る気にはなれない。今西栄太郎は、大正のはじめに生まれた男だ」というのです。つまり今西や三木は戦前の教育を受けているわけで、その影響が大きいのだと思います。

当時の時刻表を見てみると、東京―鳥羽を結ぶ「伊勢」という夜行の急行があります。これは戦前からあった急行で、つまり戦後のある時期までは、首都東京から伊勢神宮まで夜行で行くことができました。ちなみに急行「伊勢」は、一九六八(昭和四十三)年十月に廃止され、代わって夜行急行「紀伊」が鳥羽まで行くようになりましたが、それも一九七二年三月に廃止されています。伊勢神宮への参拝客数自体は減っていないものの、「日本人なら一生に一度はお伊勢参り」の感覚は、この頃から薄れていったのかもしれません。

第三章　占領期の謎に挑む──『日本の黒い霧』

『小説帝銀事件』から『日本の黒い霧』へ

『点と線』と『砂の器』で見てきたように、清張の推理小説には、重要なトリックが事実に基づいているという特徴があります。フィクションの中にノンフィクションの要素がある。当然ながら、清張のノンフィクションに対する関心は強く、推理小説の旺盛な執筆の傍ら、ノンフィクションの仕事にも精力的に取り組んでいました。代表的な作品の一つが、『砂の器』執筆とほぼ同時期に当たる『文藝春秋』一九六〇（昭和三十五）年一月号から十二月号にかけて連載された『日本の黒い霧』です。

一九四五（昭和二十）年の敗戦から、五二（昭和二十七）年のサンフランシスコ平和条約[*1]の発効に基づく独立回復まで、日本は米軍を主体とする連合国軍の占領下にありました。この間、日本各地で怪事件とも呼ぶべき事件が立て続けに起こります。『日本の黒い霧』は、これらの中から十二の事件やテーマを取り上げ、丹念な史料の読み込みと清張ならではの推理でその真相に迫ったノンフィクションです。

取り上げられたのは、一九四八（昭和二十三）年、東京の帝国銀行椎名町支店で十二人の行員が毒殺された帝銀事件、翌四九（昭和二十四）年、初代国鉄総裁下山定則（一九〇一

〜一九四九）が東京の常磐線北千住─綾瀬間の線路で轢死体で見つかった下山事件、同四九年に東北本線の列車が福島県松川駅付近で何者かによって脱線させられ三人が亡くなった松川事件、五二（昭和二十七）年に羽田を出た日航機が伊豆大島に墜落し、乗客乗員三十七人全員が死亡した「もく星」号遭難事件など。清張はこれらの未解決事件について書きながら、その背後にはすべて当時日本を占領していたＧＨＱ[*2]の謀略があったと結論づけています。

この『日本の黒い霧』は、小説家・松本清張が書いたノンフィクションということで、連載当時からさまざまな反応があったといいます。たとえば、清張は反米の立場からこれを書いたのではないか、ＧＨＱが真犯人という結論ありきで事件をそれに当てはめて描いたのではないか、といった批判です。そうした声は清張も強く意識していたようで、それに応える形で、「なぜ『日本の黒い霧』を書いたか」という一文を一九六〇（昭和三十五）年の『朝日ジャーナル』十二月四日号に発表しました。

私はこのシリーズ〔『日本の黒い霧』のこと─引用者注〕を書くのに、最初から反米的な意識で試みたのでは少しもない。また、当初から「占領軍の謀略」というコンパスを用いて、すべての事件を分割したのでもない。そういう印象になったのは、それぞれの事件を追及してみて、帰納的にそういう結果になったにすぎないのである。(「なぜ『日本の黒い霧』を書いたか」)

つまり、最初からGHQの謀略という仮説を立てていたわけではなく、資料を集めて考察していったら結果的にそうなったというのです。

清張が『日本の黒い霧』を書こうと思ったきっかけは、前年に『小説帝銀事件』を書いたことにあるといいます。帝銀事件の真相を自分なりに調べていくうちに、清張はGHQとの関連に行き着きました。すなわち、行員たちを毒殺したのは、犯人として逮捕された画家の平沢貞通(一八九二〜一九八七)ではない。真犯人は旧満州で細菌兵器の研究をしていた陸軍第七三一部隊の元要員であり、彼らが密かにGHQに使われている、という結論に至ったのです。

しかし、発表する作品は小説であるため、事実をベースにしつつも多少のフィクション

松本清張の主な作品と社会の出来事

1950	昭和25	「西郷札」が『週刊朝日』懸賞小説に入選 ▶**朝鮮戦争始まる**
1951	昭和26	「西郷札」が直木賞候補作となる
1953	昭和28	「或る『小倉日記』伝」芥川賞受賞
1957	昭和32	**「点と線」**連載(『旅』2月〜58年1月号) 「眼の壁」連載(『週刊読売』4月14日〜12月29日号)
1959	昭和34	『小説帝銀事件』出版 ▶**キューバ革命**
1960	昭和35	**「日本の黒い霧」**連載(『文藝春秋』1〜12月号) **「砂の器」**連載(『読売新聞』夕刊5月17日〜61年4月20日) ▶**三井三池争議** ▶**安保闘争の全学連デモ隊が国会に乱入** ▶**ベトナム戦争**
1963	昭和38	「回想的自叙伝」連載 (『文藝』8月〜65年1月号 「半生の記」と改題)
1964	昭和39	**「昭和史発掘」**連載(『週刊文春』7月6日〜71年4月12日号) ▶**海外旅行自由化** ▶**オリンピック東京大会開催**
1966	昭和41	「古代史疑」連載(『中央公論』6月〜67年3月号)
1970	昭和45	▶**三島由紀夫自決**
1973	昭和48	「火の回路」連載 (『朝日新聞』6月16日〜74年10月13日 『火の路』と改題)
1976	昭和51	「清張通史」連載(『東京新聞』1月1日〜78年7月6日) ▶**ロッキード事件**
1989	昭和64 平成元	▶**ベルリンの壁崩壊**
1990	平成2	**「神々の乱心」**連載 (『週刊文春』3月29日〜92年5月21日号 未完)
1991	平成3	▶**ソ連邦消滅、独立国家共同体成立**

※「中高生のための松本清張読本」(北九州市立松本清張記念館)をもとに作成

を織り交ぜねばならない。すると、事実に基づいた部分も、読者はフィクションと受け取ってしまう。「つまり、なまじっかフィクションを入れることによって客観的な事実が混同され、真実が弱められる」（同前）というジレンマに突き当たったというのです。「それよりも、調べた材料をそのままナマに並べ、この資料の上に立って私の考え方を述べたほうが小説などの形式よりもはるかに読者に直接的な印象を与える」（同前）と考えた清張は、今度は小説とは違った方法で、帝銀事件をはじめとする占領期の怪事件に挑むことにしたといいます。

「GHQの謀略」という史観

いま『日本の黒い霧』を読むと、本当にすべての事件がGHQの謀略だったかについては疑問が残ると思います。占領期の事件については、清張が書いた説が、後から出てきた資料や証言によって間違っていたことがわかるというケースは当然あります。例えば、「革命を売る男・伊藤律」で清張は元日本共産党政治局員の伊藤律（一九一三〜一九八九）をGHQのスパイとする説を唱えましたが、現行の版では清張の誤りを指摘する注釈が追記されています。[*3]

このように、後になって仮説が修正されること自体は清張に限ったことではなく、学問の世界でもしばしばあります。占領期の日本に関する研究で言えば、たとえばワシントンの米国議会図書館にあるＧＨＱ関連の資料が現在ではほぼすべて公開されていますし、もともとメリーランド大学が持っていたプランゲ文庫という占領期の押収資料も、いまでは日本の国会図書館でマイクロフィルム化されたものをすべて見ることができます。占領期の史料に関しては飛躍的に環境が変わり、ジョン・ダワーの『敗北を抱きしめて』などすぐれた研究もたくさん出ています。

一方、清張自身がＧＨＱの謀略説に最後まで固執した事件もありました。「もく星」号遭難事件がそうです。半藤一利さんは『日本の黒い霧』下の「解説」（文春文庫、二〇〇四年）のなかで、「いまになってみると、いくらかは当をえない推理となる部分もあろうかと思う。たとえば『もく星』号遭難事件などはどうであろうか。ナゾの深さは理解できるけれども、具体的推理や疑惑の構図については少しく疑問を感じてしまう点がないわけでもない」と述べています。けれども清張は『風の息』（文春文庫、一九七八年）、『一九五二年日航機「撃墜」事件』（角川文庫、一九九四年）と、ＧＨＱの謀略説に依拠し、「もく星」号遭難事件を題材とする小説を二度書いています。この場合は帝銀事件とは逆に、事実に基づくノンフィクションから、どうしてもわからない部分をフィクションにした小説への移行が起こっているわけです。

下山事件や松川事件など国鉄関連の事件では、当時、日本共産党が関与していたのではないかという説がありました。いまではこの説は否定されていますが、占領期の共産党についてはよくわからないことが多いのです。共産党は戦前には弾圧されていましたが、戦後に合法化され、ＧＨＱも広い意味での日本の民主化勢力の一員として共産党を認めていました。しかし、中国が共産党政権になるなど東アジアで共産主義が伸びてくると、ＧＨＱは方針転換します。共産党は暴力革命を辞さない危険な勢力であると見なすようになった。そして共産党自体も内部分裂し、所感派と国際派と呼ばれる派閥の内紛状態に陥っていきました。

いまの日本共産党の公式資料を見ても、当時のことは依然としてよくわからないことがたくさんある。しかし清張は、この時期に共産党シンパだったこともあってか、共産党説に関してはわりとあっさり退けているという印象があります。何を書くにしても完全に中立的な叙述というものはあり得ないわけですが、やはり、清張が自ら言うほど「帰納的」な記述であったかどうかといえば、疑問が残る部分はあるといえるでしょう。

今に続く米軍基地の問題

しかし、時が経って新しい史料が出てきたからといって、ここに書かれた事件が完全に解明されたのかというと、そんなことはないわけです。いろいろな一次資料が公開されてもなお、わからないこと、未解明のことはある。ですから、後世に史料が出てきたからと言ってこのノンフィクションが全否定されるわけではもちろんありません。

むしろ評価されるべきは、占領期の事件が起こってから十年ほどしか経っていない一九六〇（昭和三十五）年の段階で、これだけのことを独自に調べて書いたという事実です。いまに当てはめて考えれば、二〇〇八（平成二十）年に起きたリーマンショックや二〇一一（平成二十三）年に起きた東日本大震災に伴う原発事故の真相について、これだけのことを書いた仕事が果たしてあるかという話です。

日本は一九五二（昭和二十七）年の平和条約発効をもって独立を回復したことになっていましたが、実際には米軍がずっと駐留したままの状態が続いていました。例えば一九五八（昭和三十三）年九月には、西武新宿線の下り電車が米軍ジョンソン基地（現・航空自衛隊入間基地）の近くを走行中、米空軍三等空士が発砲した弾が乗客に当たって死亡する事件（ロングプリー事件）が起こりましたが、空士は禁固十か月ときわめて軽い判決で済んでいます。

一九六〇（昭和三十五）年頃の当時を生きていた日本人のなかには、独立はしたのに事実上はまだ占領体制が続いているかのような状態に違和感を持っている人が多かった。だからこそ六〇年の安保闘争があれだけ盛り上がったわけです。

いまでは時間が経ちすぎてしまい、日本に米軍基地があることは当たり前になってしまいました。圧倒的に基地が集中している沖縄は別として、いわゆる本土では、米軍基地を移せといった激しい運動はもう起こりません。そのあたりがこの時代は違うわけです。やはりこれはおかしいのではないか。我々は本当に独立しているのか。この状況をもたらす原因となった占領期とはいったい何だったのか――。そうしたことに対する国民の関心が、いまとは比べ物にならないくらい高かったと思います。

そして、この問題を解明しなければならないという使命感が、松本清張を駆り立てた。結果としてすべてをGHQに帰することになったという問題はあるにしても、当時見ることのできた資料を最大限集めつつ、まだ誰も手を付けようとしなかった占領期の暗部にメスを入れようとした心意気は買いたいと思います。保阪正康さんも、「『日本の黒い霧』はアメリカの謀略によるといいつつ、いずれにしても説得に値する資料、説得に類する論理を明確にしている。それゆえに謀略史観から一線を引いた重さがある」(『松本清張と昭和史』、平凡社新書、二〇〇六年)と述べています。

戦後史において、米軍基地の存在というものはある種のブラックボックスです。治外法権になっていて、日本にありながら簡単には中に入れない。また特に占領期について言えば、当時駐留していたGHQの人たちは、清張が『日本の黒い霧』を書き始めた頃にはすでに日本からいなくなっていましたから、直接会うことはできません。また、仮に会えたとしても言葉の問題がありますから、通訳を介して、果たして日本語のときと同じように取材ができたかどうか。つまり清張にとっては、残された史料を手がかりにするしかないという根本的な壁が存在したわけです。

その壁、あるいは限界が、逆に清張を誘惑した面があったかもしれません。立ち入れないがゆえに、米軍基地というものが、戦後史のとてつもない闇を抱えている場所に見えてしまう。その事実が作家の想像力を刺激している面もあったと思います。

しかし考えてみると、それは必ずしも占領期だけの問題ではないわけです。例えば、ノンフィクション作家の一橋文哉《いちはしふみや》は、一九六八（昭和四十三）年十二月に起こった三億円事件でも、三億円を載せた車が襲撃場所に近い米軍府中基地にひそかに現金を運び込んだとしています（『三億円事件』、新潮文庫、二〇〇二年）。

現在でも、われわれは特別の許可がない限り、米軍基地に立ち入ることはできません。たとえば二〇一八（平成三十）年十一月、アメリカのペンス副大統領が来日した際、彼は東京の横田基地に降り立ちました。日本の民間航空機が発着できない横田基地が、まるでアメリカ人が自由に使える飛び地のように見えたわけです。さらに言えば、米軍基地は横田だけでなく、首都圏に限ってみても、横須賀、厚木、座間、相模原、所沢といくつもある。

かつては立川や朝霞などにも米軍基地がありました。前述したジョンソン基地や府中基地もそうです。本土では米軍基地の整理や縮小が沖縄県よりも進んだ結果、沖縄県に全国の米軍専用施設面積の約七割が集中することになったのです。

われわれはなんとなくこうした歴史を見過しているか、あるいは、あえて死角に追いやっているようなところがあります。『日本の黒い霧』から思い起こさなければならないのは、米軍基地が沖縄に集中する前の本土の姿なのです。

大岡昇平の清張批判

作家の大岡昇平（一九〇九～一九八八）は一九六一（昭和三十六）年、雑誌「群像」十二月号において、清張の『日本の黒い霧』を激しく批判する論考を発表しました。大岡は、占領期の怪事件の背後にはすべてＧＨＱの存在があったとする清張の結論は「ロマンチックな推理」（大岡昇平『常識的文学論』、講談社文芸文庫、二〇一〇年）であり、清張をそこに向かわせたのは「米国の謀略団の存在に対する信仰」であったと断じています。「つまり彼の推理はデータに基いて妥当な判断を下すというよりは、予め日本の黒い霧について意見があり、それに基いて事実を組み合わせるという風に働いている」というのが大岡の見方でした。

昭和初期のプロレタリア文学が成し得なかった「資本主義社会の暗黒の描出」に清張ら昭和三十年代の推理作家が成功したという意見があり、それには必ずしも反対はしない。しかし、プロレタリア文学がそれに成功しなかった一番の理由は、「松本のように、ロマンチックな暗黒面を想像するほど愚かではなかったからである」とまで言っています。

深読みをすれば、この大岡の清張批判の背景に、当時の純文学と大衆小説の対立を見ることができるでしょう。つまり、松本清張という作家が当時どう見られていたのか、学歴もなく大衆受けする推理小説を書いている作家を純文学の作家たちがどう見ていたのかという問題です。

大岡昇平は松本清張が生まれたのと同じ年に東京の山の手に生まれ、青山学院中等部から成城高校、そして京都帝国大学文学部へと進んだエリートです。育ちとしては、東京生まれで学習院高等科から東京帝国大学法学部に進学した三島由紀夫[*4]（一九二五〜一九七〇）とよく似ています。大岡は先の論考で、清張の根底にあるものは「ひがみ精神」だとするなど、清張を相当に見下して感情的になって書いている感じがあります。「はじめに」でも触れたように、清張は一九五三（昭和二十八）年に『或る「小倉日記」伝』で芥川賞を受賞しました。芥川賞を取ったからには純文学に行くのかと思いきや、その後は大衆にアピールする推理小説を書くようになった。そして『点と線』がベストセラーになるなど人気も売り上げも急激に伸ばしてきた。そんな清張が、大岡にとっては文学というものの神聖性を侵すような存在として映ったのかもしれません。

ちなみに、清張を最初に評価した作家は坂口安吾（一九〇六～一九五五）です。安吾は清張が受賞したときの芥川賞の選考委員でした。その選評[*5]で、彼は推理小説に行っても必ず書ける人だ、というようなことを書いています。私はそこが面白いなと思います。安吾は新潟市の出身で、地方からの視線を持っている。またある種の大衆性という部分でも、清張と響き合うものがあったのではないかと思います。

清張が目指したこと

清張はかなり早い時期から、フィクションとノンフィクションの両立のようなことを目指していたと思います。本人も、もともとは歴史学者になりたかったと言っていましたから、最初から何が何でも小説家として身を立てようという志があったわけではないと思います。

とは言え、プロの学者として認められたいなら大学を出ていなければなりませんから、高等小学校卒の清張はそもそも学者にはなれない。しかし、仮に彼が大学に行って大学院も出るという〝正統的〟な学歴を経て、晴れて歴史学者になったとして、そこで本当にすばらしい論文が書けたのかというと、一概にそうだとは言えないでしょう。

なぜなら、学問とは一つのことを究めることによって評価される世界だからです。あれもこれもやるという人は評価されない。しかし清張の歴史への関心は、一つの時代や事件に留まるものではありませんでした。彼は『日本の黒い霧』のあと、さらに時代を遡って昭和初期に起きた出来事を取り上げたノンフィクション大作『昭和史発掘』に取り組み、同時に、邪馬台国や卑弥呼の謎に迫る『古代史疑』を著しました。つまり、近現代と古代を両方研究したわけです。

学問は本当に専門が細分化した世界ですから、近現代の専門家が古代にも詳しいということは、通常はありません。例えば、大正天皇（一八七九〜一九二六）や昭和天皇（一九〇一〜一九八九）に詳しい人が、同時に天武天皇（?〜六八六）や持統天皇（六四五〜七〇二）にも詳しいということは普通はない。しかし清張は、そうした区別をすべて取り払い、近現代も古代も同じ比重でやろうとしたわけです。

背景の一つには、これは次章以降で詳しく取り上げますが、彼の天皇制への関心というものがあったでしょう。その意味で古代も近現代も連続していた。しかし、そういうことをすると学者としては評価されないのです。「お前の専門は何だ」と言われる。私もよく言われます。

また、清張の作家としての資質も邪魔したかもしれません。というのも、学問の世界では、論文の文体までが指導教員によって徹底的に直される場合があるからです。たとえば、指導教員が「しかるに」や「いな」や「かかる」など、やや癖のある接続語や指示語をよく使う人だったりすると、その弟子たちもみんな同じ接続語や指示語を使って論文を書くようになる。笑い話のようですが、本当の話です。

つまり、大学院というタコツボ化した世界では指導教員が絶対になり、その指導のもとで教員の忠実なコピーが出来上がるという側面があるわけです。それによって、自分が本来持っていたオリジナリティが失われていく人もいる。そこに松本清張のような人が来たら、せっかくの才能を潰されてしまったかもしれません。

結局、大学や大学院に行っていない清張の場合、すべてが独学なんですね。独学の強さというものがあるんです。だからこそ、さまざまな反響を呼びつつも周りから潰されることがなかったのだと思います。

学問の世界ではいろいろなことに手を出すと評価されないと言いましたが、小説の世界も実はそうかもしれません。小説を書いている人たちは、基本的にはずっと小説（フィクション）を書いています。やや例外に司馬遼太郎がいますが、彼の『この国のかたち』や『街道をゆく』は、ノンフィクションというよりはエッセイでしょう。清張のように、膨大な史料を読み込み、場合によっては当事者にインタビューをして、あれだけのものを書き上げたという人はほかにいないと思います。

フィクションで書ききれなかったことはノンフィクションで、ノンフィクションで迫りきれなかったことはフィクションで、とジャンルにこだわらず自らの関心に忠実に向き合い、書き続けた清張。ことノンフィクションを書く清張にとって不幸だったのは、やはり、「でもあなたは小説家でしょう」とどうしても言われてしまうということだと思います。

本人はノンフィクションに徹したつもりであっても、読者から見れば、そうは言っても小説家が書いているという考えは完全には消えない。学者から見ても同じことで、小説家が書いているものだとどうしても素人の仕事に見えてしまう。なぜそう見えてしまうのか。それは、フィクションもノンフィクションも、古代も近現代もどっちもできるという清張のような人は、ほかになかなかいないからだと思います。

実はそこにこそ、清張のすごさがあります。現在は、清張が筆を揮った時代よりもさらに、学問の世界やさまざまな職業において、専門化、仕事の細分化が進んでいます。しかし、専門のタコツボの中にいては見えないものがもちろんある。二〇一九（令和元）年五月に亡くなった文芸評論家の加藤典洋さんも、遺著となった『9条入門』（創元社、二〇一九年）のなかで「私の信じていることがあります。それは、歴史をいったん非専門家の目で振り返ることは、人間が未来をまっさらに構想するうえで欠かせない作業なのではないかということです。その結果、無数の混乱が整理され、多くの謎が解けます」と述べています。タコツボに入らず、独学で、タブーを恐れないスケールの大きな視野に立った清張のノンフィクションの魅力は、増すことすらあれ、失われることはないのではないでしょうか。

＊1 **サンフランシスコ平和条約**
一九五一年九月八日に調印され、一九五二年四月二十八日に発効した、日本と連合国との講和条約。戦争終結、領土の範囲、賠償を規定した。日本は主権を回復したが、領土は限定され、沖縄および小笠原諸島がアメリカの施政権下におかれた。

＊2 **GHQ**
General Headquarters of the Supreme Commander for the Allied Powers: GHQ/SCAPの略称。連合国軍最高司令官総司令部。一九四五年から五二年まで連合国軍の日本占領政策にあたった機関。日本国民を直接統治するのではなく日本政府に指令を出して統治した（間接統治）。米太平洋陸軍総司令部の機構がＧＨＱに転用されたため、連合国軍による統治だがアメリカが絶大な権限を握った。

＊3　**注釈が追記**

『日本の黒い霧』上（文春文庫、二〇〇四年）の巻末には、「作品について」という文藝春秋出版局の註釈が二〇一三年四月に付され、そのなかに「執筆から半世紀がたち、新たな資料、事実も多く発見されてきました。それによって、松本清張の推理が改めて補強されることも、逆に歴史的な制約が指摘される事もありました」とある。伊藤律については「現在から見れば伊藤氏が戦前戦後の政治情勢、共産党内部の対立の中で運命を翻弄されたことは明らか」と記述されている。

＊4　**三島由紀夫**

一九二五〜七〇。小説家・劇作家。四九年『仮面の告白』で文壇に地位を築き、古典主義的な美意識に支えられた『潮騒』『金閣寺』などの作品を創作し続けるが、六〇年の小説『憂国』、戯曲『十日の菊』あたりから日本主義的傾向を強め、六六年には自主製作・主演の映画『憂国』を上映し、小説『英霊の聲』を発表。『憂国』『十日の菊』『英霊の聲』は「二・二六事件三部作」とされる。七〇年に最後の大作『豊饒の海』を書きあげた直後、自衛隊市ヶ谷駐屯地に押しかけて自衛隊の決起を呼びかけるが果たせず割腹自決。

＊5　坂口安吾の選評

坂口安吾は第二十八回芥川賞の選評で、松本清張の「或る『小倉日記』伝」について、「文章甚だ老練、また正確で、静かでもある」「小倉日記の追跡だからこのように静寂で感傷的だけれども、この文章は実は殺人犯人をも追跡しうる自在な力があり、その時はまたこれと趣きが変りながらも同じように達意巧者に行き届いた仕上げのできる作者であると思った」と評している。

第四章 青年将校はなぜ暴走したか――『昭和史発掘』

「オーラルヒストリー」の先駆け

『昭和史発掘』は、『週刊文春』の一九六四（昭和三十九）年七月六日号から七一（昭和四十六）年四月十二日号まで、足かけ七年にわたり連載されたノンフィクションです。

取り上げられたのは、大正末期から昭和初期にかけて起こった二十もの出来事や事件。中でも連載後半の約三年半を割いて書かれたのが、一九三六（昭和十一）年に起こった二・二六事件でした。今回はこの二・二六事件の部分に焦点を当てて本作を読んでいきたいと思います。

『昭和史発掘』は、膨大な史料と綿密な取材に基づいて清張が書き上げた、不朽のノンフィクション作品です。『日本の黒い霧』が連載された当時よりも十年ほど前の過去を対象としたのに対して、この作品はさらにさかのぼり、連載された当時よりも三十～四十年前の過去を対象としたことになります。当然、関係者が存命の場合もあり、清張は彼らに直接インタビューを行っています。二・二六事件についても「現存の参加下士官兵からできるだけ多く話を取材して百数十名（歩一[*1]だけでも三十名）に上っている」と言います。

これは、いわゆる「オーラルヒストリー」の方法でしょう。いまでこそ学会まであるように、れっきとした学問の方法として認められていますが、この当時、歴史学者でこうした聞き取りを行う人はあまりいなかったはずです。学者はただ史料を集めて読めばいいという風潮が強かったと推測しますが、それだけでは昭和史の真相はわからないというのが清張のスタンスです。

同時に、史料の集め方と読み込み方もすごかった。特に二・二六事件については未公開史料をかなり使って書いています。それまでは叛乱軍（襲撃した側）の史料に拠って書かれたものが多かったのですが、鎮圧した側の史料も見なければ事件の全貌はわからない。清張はそのように考え、いろいろな史料を発掘して、二・二六事件に関する全く新しい視点を打ち出しました。ここが『昭和史発掘』の一つの大きな読みどころです。

清張といえば、当時もいまも売れっ子推理小説作家のイメージが強いと思いますが、ここでは『日本の黒い霧』同様、ノンフィクションの姿勢に徹しています。「二・二六事件を書くに当り、わたしはできる限り資料本位にした」、「わたしは自分の意見はあまり挿入していない。できるだけ客観性を失わないようにし、面白くないことを承知で資料をもって語らせるようにして、筆が恣意《しい》な叙述や『描写』にわたることを避けた」と述べています。

しかし、あえて学者的な姿勢に徹しているからといって、記述が無味乾燥なものに終わっているわけではありません。史料の扱い方や並べ方によって、これまでは知られていなかった歴史の一断面が浮かび上がっていて、その点には当然、清張自身の視点が介在しています。

第一章、第二章で見てきたように、清張はフィクションを書くときにもノンフィクションの要素を取り入れていました。史料を読み込み、それを駆使してオリジナルなストーリーを築いていく方法を採っていたことを踏まえれば、突然ノンフィクションに向かったとは言えません。『日本の黒い霧』がそうだったように、清張がもともと持っていた問題意識や関心が、全面的にノンフィクションという形で開花したということでしょう。

膨大な史料の読み込みと当事者への取材から発掘した新事実に加え、もう一つ注目したいことがあります。それは、『昭和史発掘』が連載された時期について考えてみることです。冒頭で述べたように、その時期は一九六四〜七一年ですから、学生運動や左翼活動が盛んになりつつあった時期に当たります。時を同じくして清張は昭和初期、特に二・二六事件に向き合い続け、週刊誌に連載していた。そのことの意味も含め、これから作品の核心部分を読み解いていきたいと思います。

軍事クーデターとしての二・二六事件

具体的な内容に入る前に、二・二六事件とはどのような事件であったかをおさらいしておきましょう。

二・二六事件とは、一九三六（昭和十一）年二月二十六日未明に起きた、陸軍部隊による反乱事件です。国家改造を目指す皇道派の青年将校らが千四百名あまりの下士官・兵を連れて決起し、斎藤実《まこと》*2内大臣、高橋是清《これきよ》*3大蔵大臣、渡辺錠太郎《じょうたろう》*4陸軍教育総監を暗殺、鈴木貫太郎*5侍従長は重傷、岡田啓介*6首相や牧野伸顕《のぶあき》*7前内大臣も標的にされました。首相官邸、陸相官邸、警視庁など、日本の政治・軍事・警察の中枢部も占拠されます。戒厳令が敷かれる中、陸軍上層部は叛乱軍の説得を試みるも失敗。天皇の意向を受け、四日目の二十九日にようやくこれを鎮圧しました。

青年将校らは特設軍法会議で裁かれ、死刑十七人、無期禁錮六人。下士官ら十五人が有期刑となり、民間人の北一輝[*8]、西田税《みつぎ》[*9]も死刑になりました。その後、軍部は粛軍の名目で皇道派を一掃。叛乱軍同様、武力をちらつかせて政権に圧力をかけながら、次第に権力を握っていきました。

学校の日本史の授業では、時間切れのため近現代史は駆け足で教わっただけ。あるいは、日付が事件名になっている五・一五事件ととりあえずセットで覚えた、などという人も少なくないかもしれません。しかし、軍人による実力行使という点では同じにしても、五・一五事件は数名の海軍青年将校や陸軍士官学校生らが単独で起こしたテロ事件だった一方、二・二六事件は青年将校が部下の下士官・兵を千四百名も動員して起こしたものですから、規模が全く違います。二・二六事件は要人が暗殺された単なるテロではなく、まさに軍事クーデターなのです。

明治の再来としての昭和

では、昭和のはじめになぜ、このような大事件が起きたのでしょうか。二・二六事件に至る背景を、大正から昭和へと元号が変わったことは何を意味するのかに注目しながら考えてみましょう。

大正最後の五年間、一九二一（大正十）年十一月から二六（大正十五／昭和元）年十二月までの間は、天皇は在位するものの病気療養のため事実上引退していて、その存在は見えないという変則的な時代でした。大正天皇に代わって摂政を務めたのが、当時の皇太子裕仁（のちの昭和天皇）です。

この皇太子の摂政就任をもって「昭和の始まり」と見なしたいと私は考えています。そして一九二六年十二月二十五日、大正天皇が四十七歳で死去したことにより、変則的な時代がようやく終わります。元号も昭和に変わり、天皇がいるかいないのかよくわからない曖昧さがなくなって、名実ともに「天皇」が前面に出てきました。

この時代の変わり目と同時に、明治が蘇ってくるのです。

まず、明治天皇（一八五二～一九一二）の誕生日である十一月三日が明治節という祝日になります。この日は大正時代には祝日ではありませんでした。明治節の制定とともに明治ブームが起こり、大日本雄辯會講談社（現・講談社）が出した『明治大帝』という本が大ベストセラーになります。また文部省は、明治天皇ゆかりの地を「聖蹟《せいせき》」に指定し、天皇が宿泊したり滞在したりした場所や建物を保存して記念碑を建立します。明治天皇聖蹟は全国にありますが、もっともよく知られているのは京王電鉄京王線の駅名になっている「聖蹟桜ヶ丘」（東京都多摩市）でしょう。元の駅名は関戸でしたが、明治天皇お気に入りのうさぎ狩りの場所だったということで、この駅名に変わりました。

つまり昭和天皇の登場というのは、簡単にいえば明治天皇の復活なのです。病弱だった大正天皇を忘却させて、若く健康的な昭和天皇を偉大な明治天皇の再来であると認識させる。大正天皇死去の翌年、つまり一九二七（昭和二）年とはそんなキャンペーンが始まった年だったのです。

直訴の頻発と政党政治の終焉

さて、このように存在感をもった天皇が現れたことで何が起きたか。その一つが、直訴の頻発です。直訴とは、天皇が外出する際に国民が直接、天皇に請願の書状などを手渡そうとする行為です。『昭和天皇実録』[*10]によって明らかになったように、一九二七（昭和二）～二八（昭和三）年頃に天皇への直訴が頻繁に起きています。

天皇への直訴といえば、一九〇一（明治三十四）年に田中正造*11（一八四一～一九一三）が足尾鉱毒問題を明治天皇に直訴しようとした事件が有名ですが、拙著『直訴と王権』（朝日新聞社、一九九六年）で記したように、もともと日本では最高権力者への直訴がタブーとされ、一九一七（大正六）年公布の請願令でも禁じられました。しかし改元に伴う大々的なキャンペーンで讃えられた新しいイメージの天皇に対して、何かを訴えたいという人が続々と出てきたのです。

直訴が頻発した理由は二つ考えられます。

一つは大正デモクラシーの「副産物」です。一九二五（大正十四）年に普通選挙法が成立し、満二十五歳以上の男子にはみな選挙権が与えられました。ところが、その法律のもとで初めて実施された衆議院議員総選挙では、立憲政友会と立憲民政党という二大政党が圧倒的多数の議席を占め、それ以外の勢力はわずかな議席しか獲得することができませんでした。直訴を行ったのは、女性、植民地出身者、労働運動家、被差別部落出身者など、従来の政治から疎外された人たち。誰も自分たちの声を聞いてくれないと考えていた人たちが、天皇に直接訴えるという手段に出たのです。

もう一つは「君民一体」の空間の確立です。「君民一体」とは天皇と臣民が一体になること。一九二一（大正十）年の「昭和のはじまり」以降、事実上の天皇が出席する奉祝会や、事実上の天皇による地方視察などを通して、そうした空間が東京をはじめ、植民地を含む全国各地で確立され、「国体」が視覚化されました。昭和天皇は摂政時代から、それまでの天皇とは異なり、自らの姿を臣民の前に積極的にさらし、その姿はしばしば新聞の一面を飾ったり、ニュース映画の題材になったりしました。つまり「見える天皇」となり、臣民が天皇という存在を意識しやすくなったのです。

直訴を行った人たちを支えていたのは、「天皇陛下は一視同仁《いっしどうじん》の存在で、女性であろうと被差別部落出身者であろうと植民地出身者であろうと、大日本帝国の臣民であれば等しく愛情を注いでくれるお方だ」という考えです。そういう存在であればこそ、自分たちの声も聴いてくれるだろう。彼らはそのような希望を抱きました。こうした考え方が、二・二六事件までつながっていきます。

清張は『昭和史発掘』の中で、「北原二等卒の直訴」という事件を取り上げています。これは一九二七（昭和二）年に愛知県で開かれた陸軍特別大演習の終了に伴い、名古屋北練兵場で行われた観兵式で、水平社社員の北原泰作（一九〇六～一九八一）が、軍隊内での被差別部落民差別を天皇に直訴しようとした事件です。

軍隊とはそもそもタテ社会ではありますが、一方で外の世界の職業や地位といった属性が不問になる社会でもあります。同じ帝国臣民なのに被差別部落出身であるという理由で自分たちが不当な扱いを受けるのはおかしい。天皇であれば必ずわかってくれるに違いない。北原はそう考えたのです。

これは二・二六事件のように教科書に載る大事件ではなく、地方の一出来事ではあります。しかしここには、軍の上官や政治家はあてにならない、天皇に直接訴えるしかないという、いわば「君民一体」を下から求めるような考えが潜んでいます。清張がこの事件を「発掘」した意義は、まさにそこにあるといえるでしょう。

二・二六事件につながる流れとして重要なのは、血盟団事件と五・一五事件です。一九三二（昭和七）年二月から三月にかけて、井上日召《にっしょう》[12]の「一人一殺主義」により前蔵相の井上準之助（一八六九～一九三二）、三井合名会社理事長の團琢磨《だんたくま》（一八五八～一九三二）が殺された血盟団事件。同年五月十五日、海軍青年将校と陸軍士官学校生により犬養毅[13]首相が暗殺された五・一五事件。この二つの事件も、根底にあるのは直訴に通じる考えです。すなわち、「君民一体」を妨げているのは「君」(天皇)と「民」(臣民)の間に挟まっている政党や財閥だ。これを排除すれば、本来の「国体」の姿が取り戻せる。そういう認識です。彼らは実力行使に出たわけですが、そのあとのプログラムがありませんでした。自分たちは捨て石になればいいという考えで、あとは自ずと「国体」の正しい姿が取り戻せると考えていたのです。

いずれにしても、政財界の要人が暗殺されるという二つの事件は社会に大きな動揺を与えました。そして、五・一五事件により政党政治に終止符が打たれたのです。

皇道派と統制派の対立

二・二六事件を起こしたのは、陸軍の皇道派に属する青年将校たちです。当時、陸軍には皇道派と統制派という二つの派閥がありました。

それぞれ簡単に説明すると、統制派は日本を高度国防国家にしようと考えるテクノクラート的な一派です。将来の戦争に備えるためには国防力を強化しなければならない。そのためには兵器を近代化させなければならない。そうした主張を持つ一派でした。その中心にいたのが、二・二六の半年前に起きた相沢事件で斬り殺された永田鉄山[*14]陸軍省軍務局長や、後に首相になる東条英機[*15]らでした。

対する皇道派は非常に精神主義的です。「国体」を強調し、天皇との精神的な結びつきを何より重視します。皇道とは「すめらみち」、すなわち天皇の道です。この派閥の総帥と見なされていたのが、真崎甚三郎[*16]と荒木貞夫[*17]の両陸軍大将でした。

陸軍大学校出身の学歴エリートが多い統制派に対し、より若い皇道派の青年将校たちは、部下である地方出身の兵から不況や冷害による農村の疲弊の状況を直接聞く立場にありました。いまの政治は農村を救えていない。「君」と「民」の間に無能な「奸臣《かんしん》」が挟まっているからよくないのだ。すなわち「君側《くんそく》の奸《かん》」は排除しなければならない。彼らはこう考えたのです。

皇道派が天皇との一体化に思いを強めていった背景には、北一輝からの思想的影響に加えて、さきほど述べた「君民一体」の空間の確立があると考えられます。昭和になると、その空間として東京の宮城前広場、現在の皇居前広場が大々的に活用されるようになります。

昭和天皇の現れ方はさまざまでした。あるときは宮城前広場に台座が置かれ、そこに乗る。あるときは宮城前広場に白馬に乗って現れる。あるときは二重橋に香淳皇后(一九〇三〜二〇〇〇)と二人で現れる。またあるときは二重橋に一人で白馬に乗って現れる。いずれにしても、昭和天皇はしばしば宮城前に出てくるようになった。広場は数万〜十数万人の臣民で埋め尽くされる。こうした光景が出現することによって、「国体」が可視化されていったわけです。

同じ皇道派青年将校でありながら二・二六事件には加わらなかった大蔵栄一[*18](一九〇三〜一九七九)は、『二・二六事件への挽歌』(読売新聞社、一九七一年)という本の中で、「国体」を曇らせているものを「妖雲」としたうえで、「私ら青年将校間の全部の、偽らざる気持ち」をこう述べています。「妖雲を払い除いた暁は、天皇に二重橋の前にお出でいただいて、国民といっしょに天皇を胴上げしようではないか」。つまり、これが彼らにとっての一つの理想なのです。宮城前で昭和天皇をみんなで胴上げする。それはあながち幻想ではなく、現実にあった光景に触発されていたのです。

大正から昭和になり、それまでなかったような光景が東京の宮城前でしばしば繰り広げられた。私はそれが、皇道派の青年将校たちを実力行使に走らせた一つの大きな引き金になったのではないかと考えています。

幻の宮城占拠計画

松本清張は、『昭和史発掘』で二・二六事件についての連載を始めるにあたり、非常に大きな自負を持っていたと私は思います。これから自分が書くのは、これまで世に出ているものとは全く違う二・二六の姿だという自負です。清張はこう書いています。

中橋基明中尉[*19]については、在来の二・二六関係書が多く触れていない。しかし、中橋はある意味で事件の最重要人物である。彼は近衛歩兵第三連隊に所属していたので「宮城占拠」に便利な位置にあった。中橋に焦点をあてると、二・二六の成功と挫折の分水嶺を究明することさえできるのである。（「相沢公判」）

清張が言うように、『昭和史発掘』の大きな意義の一つは、二・二六事件の最終目標が宮城占拠、つまり皇居を占拠することにあったという点に着目したことです。清張は新史料を駆使してそれを実証し、その中心にいた中橋基明（一九〇七〜一九三六）に焦点を合わせることで、二・二六事件に新しい光を当てました。清張が書く二・二六は中橋基明を中心とした事件史であり、それまでの二・二六事件のとらえ方とは全く異なります。

ここで比較すべきは三島由紀夫でしょう。三島も、『憂国』（一九六〇年）、『十日の菊』（一九六一年）に続いて一九六六（昭和四十一）年に『英霊の聲《こえ》』を書くなど、二・二六事件を小説や戯曲の題材にするとともに、『英霊の聲』以降は事件そのものに言及することも多くなるのですが、三島が最も重視した青年将校は磯部浅一《あさいち》[*20]（一九〇五〜一九三七）でした。

当時公表された獄中手記の中で、磯部は昭和天皇に対する激しい怒りを綴っていました。自分たちは「国体」を曇らせている「君側の奸」を排除した。この行いを天皇は必ずや理解して自分たちを褒めてくれるに違いない。そう信じて待っていたのですが、結果は全く逆で、天皇は彼らの行動に激怒しました。そのことに対し、磯部は憤怒をあらわにしたわけです。

東京・高井戸の自宅にあった書斎。現在は故郷・北九州市の松本清張記念館に移築されている。室内の調度は紙袋ひとつに至るまで再現

約3万冊の資料を収めた書庫。古代史料を収集した史料室もあった(以上2点 写真提供/北九州市立松本清張記念館)

三島は二・二六事件について論じた「『道義的革命』の論理」の中で、「二・二六事件はもともと、希望による維新であり、期待による蹶起だった。というのは、義憤は経過しても絶望は経過しない革命であるという意味と共に、蹶起ののちも『大御心に待つ』ことに重きを置いた革命であるという意味である。こういう二・二六事件の根本性格を、磯部ほど象徴的に体現している人物はなく、そこに指導者としての磯部を配したのは、神の摂理とさえ思われるのである」と述べています。事件の本質を「待つこと」に見いだし、磯部こそはその典型だとしているのです。

『英霊の聲』で「われらは裏切られた者たちの霊だ」と書く三島が想起していたのは、磯部浅一のイメージです。つまり、磯部は天皇のために蹶起し、大御心を待った。待った結果、裏切られた。裏切られたから呪詛《じゅそ》する。三島は評論「文化防衛論」でも、「天皇のための蹶起は、文化様式に背反せぬ限り、容認されるべきであったが、西欧的立憲君主政体に固執した昭和の天皇制は、二・二六事件の『みやび』を理解する力を喪っていた」として、昭和天皇を暗に批判しています。

ところが、清張の二・二六事件の解釈はそうではありません。青年将校たちはただ「君

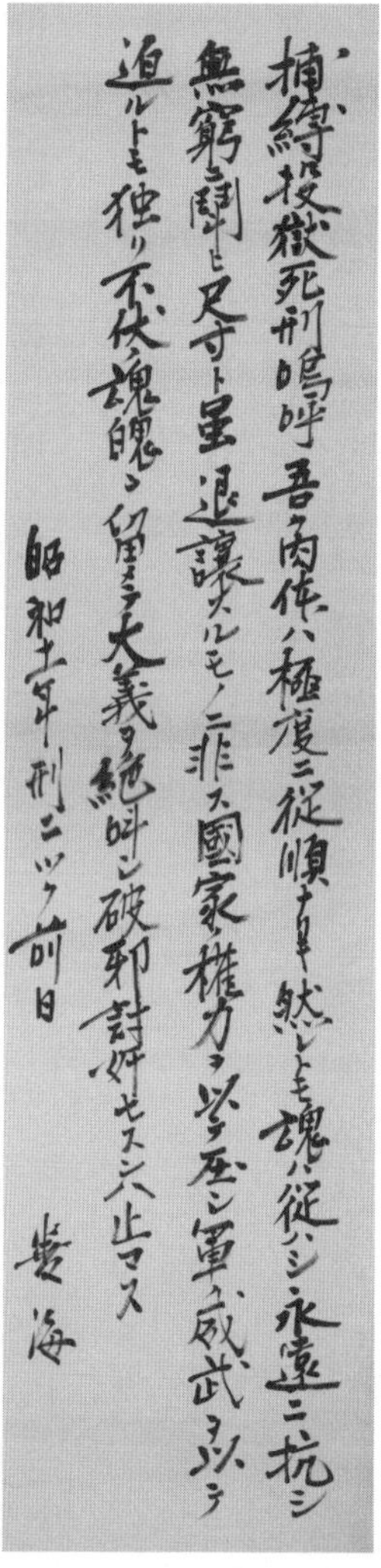
捕縛投獄死刑嗚呼 吾肉体ハ極度ニ従順ナリキ 然レトモ魂ハ従ハス永遠ニ抗シ
無窮ニ闘ヒ尺寸ト雖退譲スルモノニ非ス 國家権力ヲ以テ圧シ軍ハ威武ヲ以テ
迫ルトモ独リ不伏ノ魂魄ヲ留メテ大義ヲ絶呼シ破邪討奸セスンハ止マス
昭和十二年刑ニ就ク前日 菱海

磯部浅一書「捕縛投獄死刑嗚呼……」(防衛省防衛研究所戦史研究センター蔵)
磯部を含む四人の刑は、一九三七年に執行された。

側の奸」を殺して待っていたのではなく、その先に宮城を占拠するという不穏な計画があった。「なぜに最初の秘匿された計画通りに宮城占拠まで進まなかったのか。磯部の遺恨もそこにある」と清張は記しています。つまり中橋や磯部らには、宮城を占拠し、天皇と重臣の連絡を遮断して昭和天皇を自分たちの手中におさめる計画があったというのが、清張が『昭和史発掘』で明らかにしたことでした。

清張が三島の認識を変えた？

さて、ここで指摘しておきたいのは、清張の『昭和史発掘』によって、三島の二・二六事件に対する認識が変わった可能性があるということです。

これは私の見立てなのですが、三島は『週刊文春』での清張の連載を読んでいたと思います。というのも、ちょうど二・二六事件について清張が連載していた一九六九（昭和四十四）年十月に、三島自身が皇居に突入しようとしたという説があるからです。これは鈴木宏三著『三島由紀夫　幻の皇居突入計画』（彩流社、二〇一六年）という本に詳しく紹介されています。

一九六八（昭和四十三）年十月二十一日、新宿騒乱といわれる事件が起きました。これは国際反戦デーに合わせて新左翼が起こした暴動で、国鉄の新宿駅が破壊されます。三島はこのとき「革命前夜だ」と興奮したのです。三島は左翼ではありませんが、彼が考えたのは、これだけ新左翼が暴れると通常の治安体制ではカバーできなくなるため、自衛隊が治安出動する。そして超法規的措置をもって自衛隊が半ば軍隊と化す。翌六九年十月二十一日の国際反戦デーには、これを期待したのです。さらにいえば、新左翼が皇居に入ることさえ半ば期待していた。そのときには楯の会[*21]を率い、究極的には自分たちが先んじて皇居に突入しよう。こうしたことを考えていたというのです。これはつまり楯の会による「宮城占拠」であり、清張が『昭和史発掘』で明らかにした青年将校たちの計画と酷似しています。

つまり、三島の二・二六事件に対するイメージを大きく変えたのが清張の連載だったのではないかと私は考えるのです。二・二六事件の宮城占拠計画は清張の『昭和史発掘』によってはじめて史料的に明らかにされたのですが、三島は『週刊文春』を読み、それに触発されたのではないか——。

そう考えると非常におもしろいわけですね。三島は絵に描いたようなエリートで、東京で生まれ育ち、学習院から東大法学部に行って大蔵省に入りました。清張とは対照的な存在です。しかし、清張が発掘した新事実が三島を刺激し、六九年十月二十一日の計画が練られるに至った。実行に移されることはなかったものの、宮城占拠計画の詳細が記される「諸子ノ行動」が連載されるのが『週刊文春』の一九六九年八月四日〜十一月三日号で、発売は少し前になるのを踏まえると、そんな可能性も見えてくるのです。

中橋基明の挫折

一九三六(昭和十一)年二月二十六日未明、陸軍皇道派の青年将校らは千四百名の下士官・兵を連れて決起し、標的にした政治家らの襲撃を開始しました。中橋は、赤坂の自宅にいた高橋是清大蔵大臣を殺害したあと、宮城に向かいます。ちなみにこの高橋是清邸は現在、東京都小金井市の江戸東京たてもの園に移築され、一般公開されています。

中橋が率いる近衛歩兵第三連隊第七中隊の当日の動きは、不明な点が多いとされてきました。しかし、清張は中橋の動きを克明に記します。

高橋是清を殺害した中橋は、赴援隊長と称して午前六時頃、半蔵門の守衛隊司令部に入り、坂下門警備を願い出ます。「空白の一時間半」と呼ぶべき一時間半の「休憩」の後、坂下門へ警備配置。そして占拠を完璧にするために大量の兵を宮中に招き入れるべく午前八時頃、桜田濠の堤上の号砲台（清張は「午砲台」と記していますが、正しくは号砲台）付近から手旗信号を警視庁占拠中の野中四郎[*22]部隊に送ろうとするのですが、特務曹長に抱きとめられ、未遂に終わります。

中橋は結局ここで気力を失うのです。そして部下の兵を置いたまま、「ひとり二重橋からふらふらと出て」、首相官邸の方へと逃げていきます。

中橋はなぜここで気力を失ったのか。それについて清張は、『昭和史発掘』の「終章」で次のように推測しています。

これは臆測だが、中橋が宮城の雰囲気に畏怖の念を起したのは、眼前に見える警視庁付近の野中隊の大部隊に心がゆるみ、宮城内にたった一人で居ることに孤立感をおぼえたのではあるまいか。宮城警備が近衛連隊という特殊性はあったにせよ、野中隊はその半数の兵力を割いて二重橋前広場か、坂下門前に駐留せしめ、中橋を近接地から援護、その闘志を鼓舞すべきであった。少なくとも野中の支隊が宮城への出入者を逸早《いちはや》く抑止していたら、宮城内では閣議も枢密院会議も軍事参議官会議も開けず、外部から入る天皇側近者も制限することができたろう。宮中を孤立させ得なかったのは失敗で、これは野中の指揮判断力の欠乏である。(「終章」)

ここでの清張の推測は、中橋が中隊長としてたった一人で宮城に入ったが、警視庁を占拠していた野中四郎の部隊が援護できなかった、中橋に孤立感を味わわせてしまった、それが気力喪失の原因だということです。

もう一つ、清張はこれより前に、ややニュアンスの違うことを書いています。

だが、中橋はそうはしなかった。彼は門間命令[*23]を待って七時半までなすところなく過した。今泉元少尉は「坂下門警備についたため第一段の目的が達せられて安心したのではないか」といっているが、そうとばかりは考えられない。

この期《ご》になって中橋の心理に何か動揺が起ったとしか考えられない。
それを推測すると、野中部隊を導入すると、守衛隊との間の戦闘は必然的となる（守衛隊は禁闕《きんけつ》を守護しているという絶対的使命感から抵抗する）が、その場合、皇居の庭で激戦が交えられることになる。天皇の日常生活が垣間見《かいまみ》られるという聖なる場所である。中橋の心に軍人的な「恐懼《きょうく》」が湧き、それが恐怖心に移行したとしても不自然ではなかろう。しかも戦闘は同じ帝国陸軍の相撃である。いったんそれが起れば拡大は必至となり、恐しい結果となる。これが一時間半の休憩中に中橋を懊悩《おうのう》させ、逡巡させたのではあるまいか。（「諸子ノ行動」）

さきほどの引用では単に孤立感を味わったといっていますが、ここはもう少し具体的で、応援部隊を宮城内に入れることによってそこで戦闘が起きることは畏れ多い。天皇がいる宮殿のすぐ近くで血を流すようなことが起こってしまっては、やはりまずい。「空白の一時間半」のうちに、こうした思いが中橋の胸中に湧いてきたと書いています。

二・二六事件当時の東京

鈴木侍従長官舎
憲兵司令部
平川門
竹橋
乾門
大手門
宮城
明治宮殿
半蔵門
坂下門
二重橋
中橋基明
桜田門
陸軍省
陸相官邸
野中四郎隊
警視庁
赤坂見附
幸楽
議事堂
参謀本部
司法省
外務省
日比谷公園
有楽町
山王ホテル
海軍省
首相官邸
旧議事堂

これは臆測だが、中橋が宮城の雰囲気に畏怖の念を起したのは、眼前に見える警視庁付近の野中隊の大部隊に心がゆるみ、宮城内にたった一人で居ることに孤立感をおぼえたのではあるまいか。宮城警備が近衛連隊という特殊性はあったにせよ、野中隊はその半数の兵力を割いて二重橋前広場か、坂下門前に駐留せしめ、中橋を近接地から援護、その闘志を鼓舞すべきであった。（「終章」）

夜明けに中橋は何を思ったか

清張の推理を踏まえての私自身の推測は、またさらに違っています。私が考えたのは、夜が明けてくるということが何を意味したかということです。

二月二十六日の東京の日の出は六時十七分頃です。中橋が半蔵門を入ったときは、まだあたりは暗かった。それが「空白の一時間半」ののち坂下門警備についたのは七時半頃。白々と夜が明けて、宮城のお濠や石垣、あるいは一九四五（昭和二十）年五月の空襲で全焼することになる宮殿や伏見櫓などがありありと見えてくる。

そのとき中橋はハッと気づいた。自分はいま、それまで入ったこともなかった禁忌の空間に一人入り込み、とんでもないことをしようとしているのではないか。そんな恐れが湧いてきたというのが私の推理です。宮城占拠計画があったとはいえ、日頃は大元帥である天皇を絶対的な存在として崇拝する精神がたたき込まれているわけですから、自分がそれと相反することをまさに実行しようとしているのではないか、という気持ちがふつふつと湧いてきた――。

ただ、清張も指摘しているように、なぜ野中隊が警視庁にずっと留まっていたのかという問題は依然として残っています。警視庁占拠もたしかに大事ですが、それほど大人数はいらないはずで、むしろ主力は坂下門に移動させておく方が計画の成功率は高くなったように思います。

もう一つ、これは半藤一利さんが言っていることですが、中橋は宮城に入る前に、高橋是清の暗殺という、非常にエネルギーを消耗する行動をしてきています。そこからさらに宮城占拠を主導することは一人の限界を超えていた。そういう意味では計画そのものにかなり無理があった。これも確かにその通りだと思います。

秩父宮と安藤輝三

中橋基明に加え、二・二六事件でもう一人注目したい青年将校は安藤輝三[*24]（一九〇五〜一九三六）です。清張は『昭和史発掘』の「安藤大尉と山口大尉」の章で、事件の計画段階での安藤の様子を詳しく書いています。

それによると、安藤は計画の中心メンバーでありながら、この企ては時期尚早だということで直前まで参加をためらっていたといいます。同じく中心メンバーであった栗原安秀

（一九〇八〜一九三六）の家で二月十八日か十九日夜に開かれた会合では、「決行にあくまで反対であった」というのです。

理由は、襲撃を決行しても「成算がない」と思われること。つまり、襲撃は成功してもその後に昭和維新が成る確実な見通しがないこと。また、本来、兵を動かすのは大元帥である天皇にしかできないため、自分たち青年将校が勝手に兵を動かせば統帥権の干犯《かんぱん》に当たること。言い換えれば、「統帥権を死守するために統帥権を干犯する」（六巻）という矛盾が、安藤の中でどうしても解決できていないことなどでした。

しかし安藤は、決行四日前の二月二十二日朝、自分も部下の兵とともに参加することを表明します。この安藤の決断によって、二・二六事件は俄然、大規模なものになりました。安藤が率いる歩兵第三連隊約九百名が、決行部隊に加わることになったからです。

なお、二〇一九年八月十五日に放映された「NHKスペシャル　全貌　二・二六事件〜最高機密文書で迫る〜」によると、二月十九日に東京憲兵隊長が海軍大臣直属の次官にもたらした機密情報のなかに首謀者の名前が記されており、そのなかに栗原安秀らとともに安藤輝三の名前も入っていました。海軍は計画の中心メンバーに安藤が入っていたことを把握していたということでしょうが、実際にはまだこの時点で安藤が意志を固めたわけではなかったのです。

では、直前まであれだけ慎重だった安藤が、最終的に参加を決めたのはなぜなのでしょうか。清張は、おそらく二十一日の夜に一晩中考えてついに決断した安藤の気持ちは、彼自身が供述や遺書を残していないため「いまは推定のほかはない」(六巻)としたうえで、さまざまな史料から二つの理由を推測しています。

一つは、決行派の磯部や栗原らに結局は引きずられ、答えをこれ以上先延ばしにできなかったということ。もう一つは、「不参加の場合、決行部隊が『叛軍』となったとき、鎮圧部隊の中隊長として決行部隊と対決しなければならない事態の予想」があり、「これは安藤にはとうてい耐えられないことだった」(六巻)だろうということです。それよりは、同志とともに信念を貫こうとしたわけです。

安藤が襲撃参加を決意した背景として、私はこれらに加え、彼と、昭和天皇の一歳下の弟、秩父宮(一九〇二〜一九五三)との関係に注目しています。

二・二六事件を論じるにあたって、この秩父宮の存在を避けることはできません。事件当時、歩兵第三十一連隊第三大隊長として青森県の弘前に赴任していた秩父宮は、事件に関与した青年将校らと以前から親交がありました。北一輝とともに処刑されることになる西田税とは陸軍士官学校時代の同期で、西田から国家革新の緊要性を啓発されたといいますし、東京の歩兵第三連隊に所属していたときには、陸軍士官学校の四年後輩に当たる安藤と親しく交流していました。そうした立場から、秩父宮はクーデター計画に関与していたのではないか、青年将校は昭和維新の暁に秩父宮を皇位に就かせようとしていたのではないか、といった憶測を招くことになったからです。

安藤と秩父宮の関係については、保阪正康さんの『秩父宮――昭和天皇弟宮の生涯』（中公文庫、二〇〇〇年）に詳しく紹介されているのですが、それによると、一九二五（大正十四）年七月から約一年半、秩父宮がイギリスに留学していたとき、彼らの間にはかなりの回数の手紙のやりとりがあったといいます。その手紙を読むといかに二人が親しかったかがわかります。

たとえば、見習士官としてのさまざまな悩みを手紙で打ち明けたらしい安藤に対し、秩父宮が「君よ　余り神経質になるな　余猶《よゆう》をもつて努力すべきだ　人生五十年と云ふ　短かきが如くして考へれば僕等が生れて以後今日迄に至ると同じ年月が将来に存するのだ沈着して一歩〳〵と進んで行くことを遥かに望んで止まない次第です」(前掲『秩父宮』)と、先輩としてのアドバイスを書いたりしています。また秩父宮自身も、自分についてこう書いています。

今　スイスに居るので　山の中の感想を暫く聞いてくれ給へ
山への憧れ　大自然への憧れ　僕は常に思ふ　何と矛盾した二つの思想を持つのだらう　そしてそれが絶へず昼も夜も自己の中で争つてゐる　この二つの思想とは何か　僕には分らない　字では書けない　口でも云へない　善と悪　縦と横　そんなものではない　一つは大自然への憧れであり　一つは文明への憧れである　此の二つが僕の頭の中では極端に相反する　これを調和して間の道を辿るといふことが出来ないのだ(同前)

このように、秩父宮もある種の悩みを打ち明けていると保阪さんは指摘していますが、これを安藤に対して言っているということはやはり興味深いと言えます。彼らの手紙は単に「そちらはどうですか」といった近況伺いの形式的なものではありません。そこからは、二人がただ親しかっただけではなく、内面的な信頼関係のようなものをもともと築いていた状況がうかがえます。

こうしたことを考えると、安藤には、自分が決起に加わることは以心伝心で秩父宮に伝わるのではないか、秩父宮なら必ずわかってくれるだろう、といった思いがあったのではないかという気がするのです。彼を決起に加わらせたのは、この思いではなかったでしょうか。自分が動けば弘前の秩父宮に自分の思いは伝わるはずだ。それを考えずに安藤が参加を決めることはないと思うのです。

理想の天皇像は秩父宮?

青年将校たちが決起したことを二十六日午後四時頃に知った秩父宮は、翌二十七日に上京します。なぜ上京したのか。これについては、秩父宮自身が日記などを残していないため、確定的なことはいまだにわかっていません。

安藤は、秩父宮が上京してくることをあらかじめ知っていたのか、否か――。上京してくると予測した上で安藤が決起に加わったならば、そこにはにわかに不穏な色が出てきます。襲撃を決行した際、高橋蔵相を討った中橋部隊も、岡田首相（の身代わりとなった妹婿の松尾伝蔵）を討った栗原部隊も、最後に軍刀や拳銃で相手にとどめを刺しています。しかし、鈴木貫太郎侍従長の襲撃を率いた安藤は、銃撃を受けて虫の息の鈴木に対しとどめを刺そうとするも、夫人に懇願されそれをやめました（これにより鈴木は一命を取り留め、太平洋戦争末期に首相となります）。

こうした行動を見ても、「君側の奸」を排除すること自体に対する安藤の思いは、他のメンバーと比べて薄いといえます。襲撃はするけれども、殺すこと自体が目的ではない。それよりもむしろ、その行動によって秩父宮が自分の思いをわかってくれて、弘前から上京してくることの方が重要だった。そんなふうにも考えることもできるのではないでしょうか。

前掲「NHKスペシャル　全貌　二・二六事件」によると、事件が鎮圧された二月二十九日の午前二時四十分、「安藤・新井〔勲〕両部隊は秩父宮殿下を奉戴《ほうたい》し行動すとの情報」が海軍資料に記録されていたといいます。番組では一瞬取り上げられただけで詳細は不明ですが、秩父宮に対する安藤の思いを踏まえれば、あり得ない話ではなかったといえます。

事件後、中心メンバーはみな処刑される前に「天皇陛下万歳！」と叫んでいます。ところが安藤だけは、続けて「秩父宮殿下万歳！」と叫び、秩父宮に忠誠を尽くしました。刑死の前夜に書き残した遺書には、「夢に現につわものの夢　なつかしの歩三　故郷の丘尊く清き秩父の峯」とあります（河野司『天皇と二・二六事件』、河出書房新社、一九八五年）。こうしたことからも、私は、安藤にとっての理想の天皇とは昭和天皇ではなく、秩父宮だったのではないかと思うのです。

詳しく解説しましょう。安藤にとっての天皇像というものは、偶像を崇拝するように神として仰いでいればいいというものではおそらくないはずです。そうではなく、内面的につながっていなければならないものだった。昭和初期になると天皇が白馬に乗って臣民の前に現れるなど、パフォーマンス的な行動をとるようになります。見てくれを神々しく演出したり、大規模な儀式をしたりといったことに熱心になる。しかし、そこに生まれるの

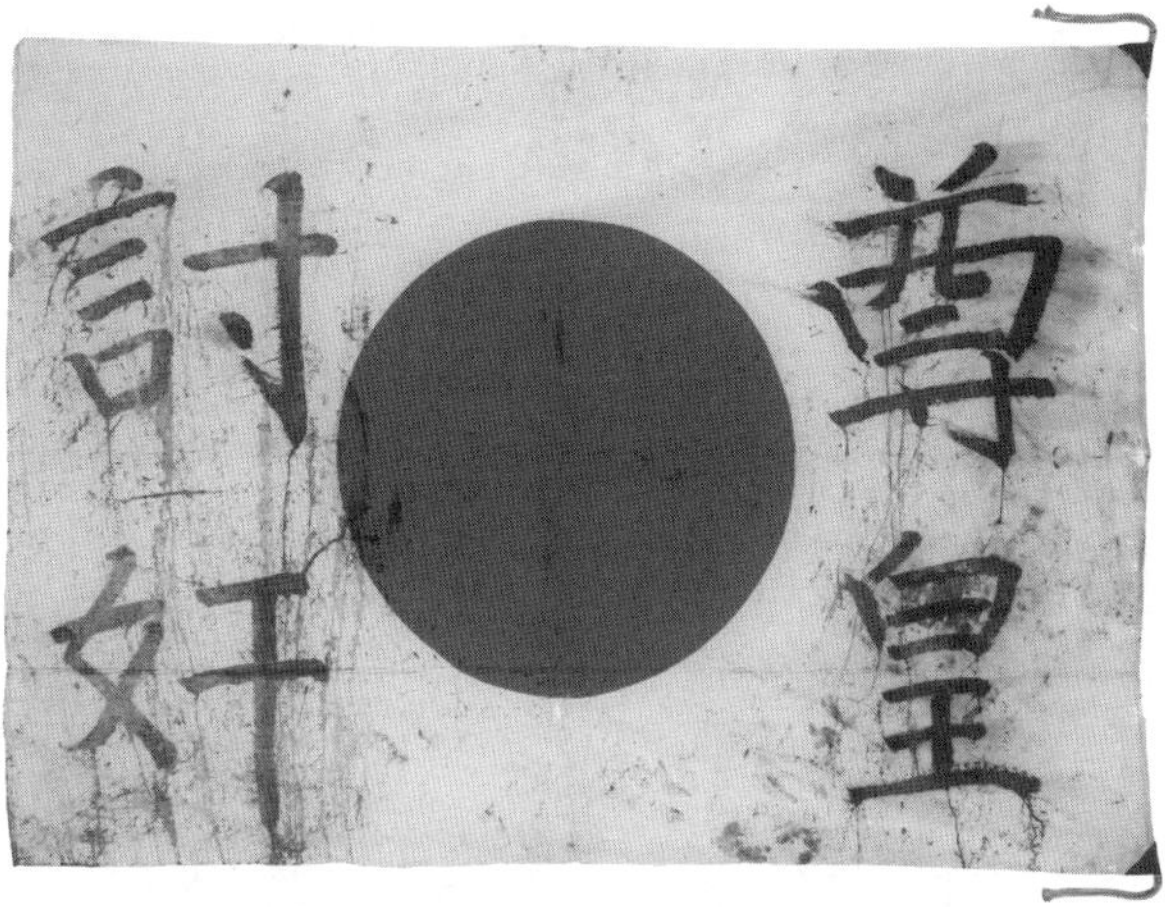

「尊皇討奸」の日章旗(防衛省防衛研究所戦史研究センター蔵)
安藤輝三大尉が投降前に自決を図ったときの血痕が残る。

は人々と天皇との外面的なつながりです。安藤には、天皇と臣民の関係性が外面的なパフォーマンスに終わってしまう、あるいはそればかりが強調されてしまう風潮に対する反発があったのかもしれません。

彼が理想としたのは、より内面的なつながりのある、まさに天皇と赤子の関係でしょう。天皇は赤子が何を考えているかわかっていて、臣民の方も天皇が人間として何に悩んでいるのかを理解する。そのように互いの内面を理解する関係こそが、本来の君主と臣民の関係であるべきだ——。そういう意味で、秩父宮がまさに天皇にふさわしい存在であるという考えが、安藤にはあったのではないでしょうか。

明治から昭和初期にかけては、天皇をはじめ男性皇族もみな陸海軍に関係していました。天皇の場合は大元帥ですから、陸海軍の双方を統帥し、特定の部隊に所属することはありません。一方、男性皇族は陸軍か海軍の連隊に配属され、一般の将校たちと、いわゆる同じ釜の飯を食べたりしました。こうして将校たちにとって男性皇族が身近な存在になる。そこに、二・二六の青年将校たちが台頭してくる背景があるわけですが、その将校の一人こそ、安藤輝三だったのです。

襲撃の計画段階では安藤が慎重だったため、将校らのあいだでは一度は安藤抜きで決行しようという話にもなりました。しかし、それだとどうしても規模が小さい。安藤が入ることで初めてあれだけの大部隊を動かすことができ、警視庁にも人数を割いて、宮城占拠計画を実行することができる。先ほど紹介した中橋基明の宮城占拠の動きも、安藤が加わることで初めて可能になるわけです。

そう考えると、二・二六事件自体が事前にそれほど周到に準備された計画ではなかった。

直前まで相当バタバタしていたけれど、安藤が加わることによってにわかにクーデターとしての像が出てきた。そういうものだったのではないかと思います。そして、やはり鍵を握っていたのは秩父宮だったのではないか――。その思いはどうしても払拭できません。

天皇の弟、秩父宮

清張の記述に戻れば、清張も当然ながら、安藤と秩父宮の関係、また秩父宮の上京については取り上げていて、それを秩父宮の側からも書いています。

事件を知った秩父宮は、二十六日夕方、弟の高松宮からの電話によって上京を決めます。そのときの秩父宮の心情を、清張は以下のように推測しています。

これは筆者の推定だが、事件発生を知って弘前を発った秩父宮の胸中には、叛乱軍に安藤が歩三の部隊を率いて参加していると分って、事件の収拾に彼らの希望を達するよう宮中での努力を考えていたのではなかろうか。でなかったら、自分の上京が疑惑の眼で見られると分っていながら敢えてそれを決行するはずはない。(「崩壊」)

「疑惑の眼」とは、秩父宮がクーデター計画に関与しているのではないかという疑いの眼です。しかし宮中では、青年将校らの希望を達するどころか、天皇は叛乱軍を絶対に許さないという「強硬な意志」を示していました。この天皇の意志が、後に磯部浅一が天皇に対する恨みつらみを遺書に縷々綴ることにつながります。自分たちの行動に対し天皇が激怒した。これが、二・二六事件が挫折した最大の原因です。

だが、着京してみて以上の情勢を知った。もっともショックだったのは「朕自ら近衛師団を率いて討たん」という天皇の激怒であろう。秩父宮との面会に天皇はひどく不機嫌だったという説がある。ここから秩父宮の「変心」が起った。(同前)

つまり清張によれば、秩父宮は最初は青年将校らに有利になるよう動くつもりで上京したが、天皇の激怒を知り、それをあきらめた。秩父宮はこうして叛乱軍に対する好意的な立場をすみやかに放棄しました。そんな秩父宮を、清張は「まことに利口であった」と評

安藤輝三書「金剛不壊身」（防衛省防衛研究所戦史研究センター蔵）
処刑前日の一九三六年七月十一日に書かれたもの。

しています。

処刑された当事者たち

さきほど、秩父宮の上京の真の目的はいまだに解明されていないと述べました。清張がどう推理したかはいま述べた通りですが、当然ながら違う説もあり、たとえば前掲の『秩父宮』で保阪正康さんは、秩父宮は天皇に取って代わろうなどという野心は最初から持っていなかったという見解を示しています。

説が分かれる理由として秩父宮自身が言葉を残していないことを挙げましたが、それに加え、もう一つ大きな理由があります。それは、二・二六事件を計画した中心メンバーが、事件後まもなく全員処刑されたということです。事件に関していまだにわからないことがさまざまある最大の理由は、まさにここにあります。中心メンバーが誰も残って証言していないのです。

二・二六の前に起きた血盟団事件や五・一五事件とは、この点が違うところです。血盟団事件や五・一五事件の関係者らはもちろん捕らえられて一度は獄中に入りますが、彼らに対する減刑嘆願書が多数届き、結局は紀元二六〇〇年祝典の恩赦（一九四〇年）で彼らは出獄しています。そして、たとえば血盟団事件で井上準之助を殺した小沼正《おぬましょう》（一九一一〜一九七八）は戦後もずっと生き続け、一九七四（昭和四十九）年に『一殺多生』という回想録を読売新聞社から出している。つまり、当事者が事件の状況をかなり克明に書いたものが世に出たわけです。

一方、二・二六事件では、逮捕された中心メンバーは、非公開、弁護人なし、上告なしの特設軍法会議にかけられ、事件から約四カ月後の一九三六（昭和十一）年七月五日に死刑判決、その一週間後の七月十二日にまず中橋基明や安藤輝三ら十五名が処刑されました。磯部浅一のように、裁判の関係上このとき処刑されなかった青年将校や、民間人の北一輝や西田税も翌三七年に処刑されています。殺人を犯した小沼正がのうのうと生き残った一方、鈴木侍従長にとどめを刺さなかった安藤輝三が処刑されたのは何とも皮肉です。

こうして中心メンバーが全員死んだため、もっとも重要な当事者たちに何も聞くことができなくなりました。一番の核になった人たち自身による証言がごっそりと抜けている。これが後の二・二六研究を非常に難しくしている面があります。

同じことは、平成に起きた地下鉄サリン事件など一連のオウム真理教事件についても言えるでしょう。教祖の麻原彰晃（一九五五～二〇一八）はすぐに処刑されたわけではありませんが、二十年以上におよぶ収監中に結局何もしゃべらず、二〇一八（平成三十）年七月に死刑が執行され、多くの幹部も同様に処刑されました。これにより、オウム真理教事件については永久にわからないことが残りました。

二・二六事件で、中心メンバーによる唯一の一次資料といえるのが、磯部浅一が残した獄中手記です。清張の『昭和史発掘』も三島由紀夫の『英霊の聲』もこの手記をかなり使って書かれています。しかしこの磯部の手記は、自分が処刑されることがわかっているという極限状態で書かれたものですから、どの程度信頼できるかについては実は注意が必要です。清張も、他のさまざまな史料と突き合わせ、たとえばこの会合の日付は磯部の記憶違いであると指摘するなど、慎重に事実確認をしながら参照しています。

秩父宮の上京に話を戻せば、襲撃前の計画段階での青年将校らと秩父宮の関係を示す決定的な史料が出てくることがあれば、謎は明らかになるでしょう。そう考えると、事件の中心メンバーがきわめて短い期間の裁判で全員死刑判決を受け、その多くがあっというまに処刑されたということの裏には、鎮圧側の何らかの意図があったと想定することもできそうです。青年将校らが生き残り、いろいろとしゃべってしまってはまずい。秩父宮との決定的な関係が明らかになってもまずい。そんな意図が、もしかするとあったのかもしれません。

貞明皇后と昭和天皇の確執

さて、秩父宮の上京に関してもう一つ重要なことがあります。それは、彼が天皇との面会のあとに大宮御所を訪れていることです。大宮御所とは皇太后節子《さだこ》（一八八四〜一九五一）、つまり昭和天皇や秩父宮の母の住居です（以下、皇太后は死後のおくり名である「貞明皇后」に表記を統一します）。

清張はこの事実に大変注目しています。というのも、貞明皇后は秩父宮を溺愛していたという説があるからです。「最後の元老」として知られる西園寺公望《さいおんじきんもち》*25の言葉を秘書役の原田熊雄（一八八八〜一九四六）が口述筆記した「原田日記」（『西園寺公と政局』第五巻、岩波書店、一九五一年）を引用しながら、清張は、昭和天皇と弟たちの間にまさかそんなことはあるまいが、歴史上では弟が兄を殺して皇位に就くことも多々あったので周りは注意しなければいけない、貞明皇后は尊重すべきだが、昭和天皇との間で「或は憂慮するやうなことが起りはせんか」と西園寺が心配していたことを紹介します。

西園寺の言う「憂慮するやうなこと」の内容とはいったい何なのか。清張はこう述べます。

二・二六事件発生後、弘前より急いで上京参内した秩父宮に対し天皇が大いに不機嫌だったこと、宮中からまっすぐ大宮御所に入った秩父宮が皇太后のもとにかなり長い時間とどまっていたということ、また、天皇が「叛徒の撃滅」に異常なほど熱心だったことなども、一つの示唆となろう。(「特設軍法会議」)

清張は貞明皇后と秩父宮との面会の意図までは明確に書いていないのですが、ともかく二人が長時間会っていたことに大きな関心を示しているわけです。

これは拙著『昭和天皇』(岩波新書、二〇〇八年)にも書いたことですが、貞明皇后はもともと皇道派に非常に同情的でした。皇道派の相沢三郎中佐が統制派の中心人物である永田鉄山軍務局長を斬殺したときも、相沢もあれだけかたい信念をもっているのに惜しいことをした、という趣旨の発言をしています。昭和天皇が「陸軍に如此《かくのごとき》珍事ありしは誠に遺憾なり」（本庄繁『本庄日記』、原書房、二〇〇五年）と怒っているのとは全く違うわけです。

また、『昭和史発掘』連載当時は未刊行でしたが、『侍従武官長奈良武次日記・回顧録』第四巻（柏書房、二〇〇〇年）には、青年将校と親しい秩父宮に昭和天皇が神経をとがらせていて、一九三二（昭和七）年五月、秩父宮を「歩兵第三聯隊附より他に転補するやうとの御内意」を漏らしたという記述があります。秩父宮が弘前に流された背景には、天皇の意思があったのです。

にもかかわらず二・二六事件では、かつて秩父宮が所属した歩兵第三連隊が決起に加わり、秩父宮が上京してきて大宮御所に向かい、貞明皇后と二人で会っている。この状況は、昭和天皇にとってはものすごく不気味に見えた。清張はここに着目し、昭和天皇が「叛徒の撃滅」に異常なほど熱心だった理由の一端を見いだそうとしたわけです。

秩父宮が東京に到着したのは二月二十七日の夕方で、すでに宮城占拠計画は失敗し、宮城は近衛師団によって厳戒されていました。ですから清張も、「宮城占拠計画と秩父宮の上京は関係がある」という断定的な書き方はしていません。宮中に参内した秩父宮の「変心」が起こったとしながらも、具体的に昭和天皇と何を話したのか、それは「知るよしもない」とも書いています。史料の制約でどうしてもわからないことは、わからないと清張は謙虚に認めていました。

とはいえ、貞明皇后と昭和天皇の確執、あるいは秩父宮と昭和天皇ないし貞明皇后の関係、ここに早々と目をつけた清張は鋭いと思います。清張だからこそなし得た大きな「発掘」。これらを、二十年以上の時を経てつなげてみせたのが、次回取り上げる清張最後の小説『神々の乱心』なのです。

＊1 歩一

青年将校によって動員された陸軍第一師団管下の歩兵第一連隊の略称。歩兵第三連隊は「歩三」、近衛師団管下の近衛歩兵第三連隊は「近歩三」と略称された。

＊2　**斎藤実**

一八五八〜一九三六。海軍軍人（大将）・政治家。五・一五事件後の首相（一九三二〜三四）。三五年に牧野伸顕の後任として内大臣に就任。真崎甚三郎の暫定政権樹立を目指す皇道派青年将校は、現職の岡田首相だけでなく、次期首相選定に力をもつ宮中グループの斎藤や鈴木侍従長、牧野前内大臣を暗殺の標的とした。

＊3　**高橋是清**

一八五四〜一九三六。財政金融家・政治家。犬養毅・斎藤実・岡田啓介の三内閣（三一〜三六）の蔵相として積極財政により景気回復を図るが、軍事費抑制策が青年将校らの反感を買った。次期首相を務める力量を持った政治家でもあった。

＊4　**渡辺錠太郎**

一八七四〜一九三六。陸軍軍人（大将）。一九三五年に罷免された真崎甚三郎に代わり教育総監に就任。統制派の領袖の一人と見なされていた。

＊5　**鈴木貫太郎**

一八六七〜一九四八。海軍軍人（大将）・政治家。一九二九年から八年間侍従長を務め、三〇年のロンドン海軍軍縮条約締結を支持。二・二六事件では重傷を負うが、四五年、首相に就任してポツダム宣言受諾にこぎつけ終戦への道筋をつけた。

＊6 **岡田啓介**
一八六八〜一九五二。海軍軍人（大将）・政治家。一九三〇年のロンドン海軍軍縮条約締結に尽力。三四年に斎藤実内閣を継いで組閣（〜三六）。二・二六事件では現首相として第一の標的とされるが難を逃れる。四四年の東条英機内閣打倒工作の中心人物。

＊7 **牧野伸顕**
一八六一〜一九四九。外交官・政治家。大久保利通の次男。一九二一年に宮内大臣、二五年からは内大臣として十五年にわたり天皇を補佐。親英米派として軍部の反感を買っていた。

＊8 **北一輝**
一八八三〜一九三七。国家社会主義者。一九一一年に辛亥革命が起こると中国に渡り革命に参加するが、一九年、排日救国を目指す中国での民族運動の激化（五・四運動）に直面し、日本の国家改造こそ急務だとして『国家改造案原理大綱』（のち『日本改造法案大綱』と改題し刊行）を執筆し帰国。この書は国家改造を目指す皇道派青年将校らのクーデター計画に理論

的根拠を与える聖典としてもてはやされ、二・二六事件後の軍法会議では事件の黒幕と見なされ西田税とともに処刑された。

*9 **西田税**

一九〇一～三七。国家主義者・青年将校運動の組織者。陸軍士官学校を卒業するが二五年に病気のため予備役となる。陸士時代に『日本改造法案大綱』に共鳴し予備役となったあと北の門下に入り、北の思想を青年将校の間に広める役割を果たした。

*10 **『昭和天皇実録』**

一九〇一年の誕生から九一年の昭和天皇武蔵野陵の陵籍登録までを年代順に記した計六十一冊（本文六十冊）に及ぶ膨大な実録。宮内庁書陵部編修課において二十四年もの歳月をかけて編纂され、二〇一四年に公開、一五年からは東京書籍からの順次刊行が始まった。

*11 **田中正造**

政治家・社会運動家。一八七七年頃から自由民権運動に志し、九〇年の第一回総選挙で衆議院議員に当選。翌九一年の第二議会から足尾銅山の鉱毒問題に取り組んで政府を厳しく追及。一九〇一年には議員を辞職して議会開院式から帰途の明治天皇に直訴。生涯を足尾鉱毒問題の解決に捧げた。

＊12 **井上日召**

一八八六〜一九六七。国家主義者。一九一〇年に満州に渡って軍の諜報活動に従事、二一年に帰国して国家改造運動に奔走。海軍青年将校らと連携をとり直接行動の第一弾として三二年二月に日召門下の小沼正が井上準之助を、三月に菱沼五郎が團琢磨を暗殺（血盟団事件）、続いて五月には青年将校らが決起（五・一五事件）。

＊13 **犬養毅**

一八五五〜一九三二。政治家。慶應義塾在学中に『郵便報知新聞』の記者として西南戦争に従軍し名声を博す。一八八一年から政府に出仕するが明治十四年の政変で大隈重信に従って下野し、翌年の立憲改進党創設に参加。九〇年の第一回から一九三二年の第十八回総選挙まで連続当選。三一年に首相に就任したが翌三二年の五・一五事件で暗殺され、二四年の加藤高明内閣以来続いた政党内閣は終焉、前年に始まった満州事変と相まって軍部の発言力が急速に強まっていった。

＊14 **永田鉄山**

一八八四〜一九三五。陸軍軍人（中将）。陸軍大学校卒。総動員体制の基礎をつくり、一九三四年に陸軍省軍務局長に就任するが、真崎甚三郎の教育総監罷免など皇道派を弾圧する統制派の中心人物と見なされ、三五年八月、陸軍省内において皇道派の相沢三郎中佐に斬殺された。

*15 **東条英機**
一八八四〜一九四八。陸軍軍人（大将）。陸軍大学校卒。皇道派全盛期には不遇であったが、のちの一九四一年十月に首相就任、十二月に太平洋戦争開戦。四四年、宮中グループらの反東条運動により総辞職。四八年、東京裁判の判決により死刑。

*16 **真崎甚三郎**
一八七六〜一九五六。陸軍軍人（大将）。陸軍大学校卒。一九三四年に教育総監に就任するが三五年に罷免。これが相沢中佐の永田鉄山斬殺、ひいては二・二六事件の引き金となるが、軍法会議では反乱幇助罪で起訴されたものの無罪判決が下された。

*17 **荒木貞夫**
一八七七〜一九六六。陸軍軍人（大将）・政治家。陸軍大学校卒。犬養毅・斎藤実両内閣の陸

相に就任、陸軍中枢を皇道派で固める露骨な人事を行った。二・二六事件後は予備役に編入。第一次近衛文麿内閣の文相を務め、戦後の東京裁判では終身刑の判決が下されるが、一九五四年に病気で仮出所しそのまま釈放された。

＊18 **大蔵栄一**
陸軍軍人（大尉）。陸軍士官学校卒。二・二六事件当時は赴任先である朝鮮半島の羅南歩兵第七十三連隊第二中隊長だったためクーデターには参加していないが、軍法会議は大蔵に対して反乱者を利する罪により禁錮五年の判決を下した。

＊19 **中橋基明**
陸軍軍人（中尉）。陸軍士官学校卒。二・二六事件当時は近衛歩兵第三連隊第七中隊長代理。高橋是清蔵相私邸を襲い高橋殺害ののち突入隊と別れて八十名を率い宮城へ向かった。軍法会議で死刑判決。

＊20 **磯部浅一**
元陸軍軍人（一等主計）。陸軍士官学校・陸軍経理学校卒。三四年の士官学校事件で村中孝次大尉とともに停職、翌年免官。早くから北一輝のもとに出入りし陸軍青年将校による国家改

造運動の中心的存在となり、三六年のクーデター決行を最も強硬に主張。真崎大将裁判の証人として約一年間獄中にあったため、三七年八月に死刑が執行された。

*21 **楯の会**
三島由紀夫が民族派の学生らを中心に一九六八年に結成した組織で、自衛隊での軍事訓練を体験。七〇年、三島は楯の会の同志四人を率いて市ヶ谷駐屯地に入り総監らを拘束したうえ、バルコニーから自衛隊員に決起を呼びかけるが果たさず、三島と森田必勝は総監室で割腹自決を遂げた。

*22 **野中四郎**
一九〇三〜三六。陸軍軍人（大尉）。陸軍士官学校卒。歩兵第三連隊第五中隊長で蹶起趣意書の草案作成者。出来上がった趣意書の末尾には「陸軍歩兵大尉野中四郎外同志各位」と記された。当日は四百数十名の下士官・兵を率いて警視庁を占拠。反乱が失敗すると二十九日に占拠中の首相官邸で自決。

*23 **門間命令**
宮城守衛隊の司令官・門間健太郎少佐の命令。

＊24 **安藤輝三**

陸軍軍人（大尉）。陸軍士官学校卒。三一年頃から皇道派青年将校のリーダー格となる。決起で重臣らを倒せても国家改造実現は時期尚早だとして二・二六クーデターに反対していたが二十二日に決起を決意したとされる。当日は鈴木貫太郎侍従長宅を襲撃し重傷を負わせた。二十九日には下士官・兵に帰隊命令を出したあと自決を図るが果たさず、軍法会議で死刑判決が下された。

＊25 **西園寺公望**

一八四九〜一九四〇。明治・大正・昭和前期の政治家・公爵。公卿家の出身。文相・外相・枢密院議長などを歴任し、一九〇六〜〇八年と一一〜一二年に首相を務めた。大正末期以降は最後の元老として立憲政治の保持に努めるが軍部の暴走を防げず、日本の行く末を憂いつつ死去。「原田日記」は西園寺の政治秘書・原田熊雄が元老西園寺の言動や西園寺周辺に起こった出来事を口述した日記風史料で、のちに岩波書店から刊行された。

コラム ▶ テツオの部屋

秩父宮はなぜ東北本線で上京しなかったのか

弘前にいた秩父宮が二・二六事件のことを最初に知ったのは、二月二十六日午後四時頃だったとされています。「御見舞」を理由に宮内省に上京を打診し、その日のうちに弘前を発つのですが、なぜか秩父宮は最短ルートをとりませんでした。

天皇の弟である秩父宮の場合、御召列車を走らせることはできないので、通常のダイヤで走る列車に秩父宮専用の車両を増結して上京することになります。清張は『昭和史発掘』の中で、「列車は東北本線が雪で不通となったため、奥羽、羽越線回りとなり、長岡到着が九時五〇分、長岡発一〇時二〇分上越線経由で水上着は一三時となった」と書いています。ここで当時の新聞を調べてみると、東北本線が雪で不通になったという記事は見当たりません。天気図を確認してもその日の東北本線沿いは曇りか晴れです。羽越・

上越線回りをとった理由としては、疑問が残る結果となりました。
私が当時のダイヤを調べたところでは、その夜予定されていた山形県知事との夕食を

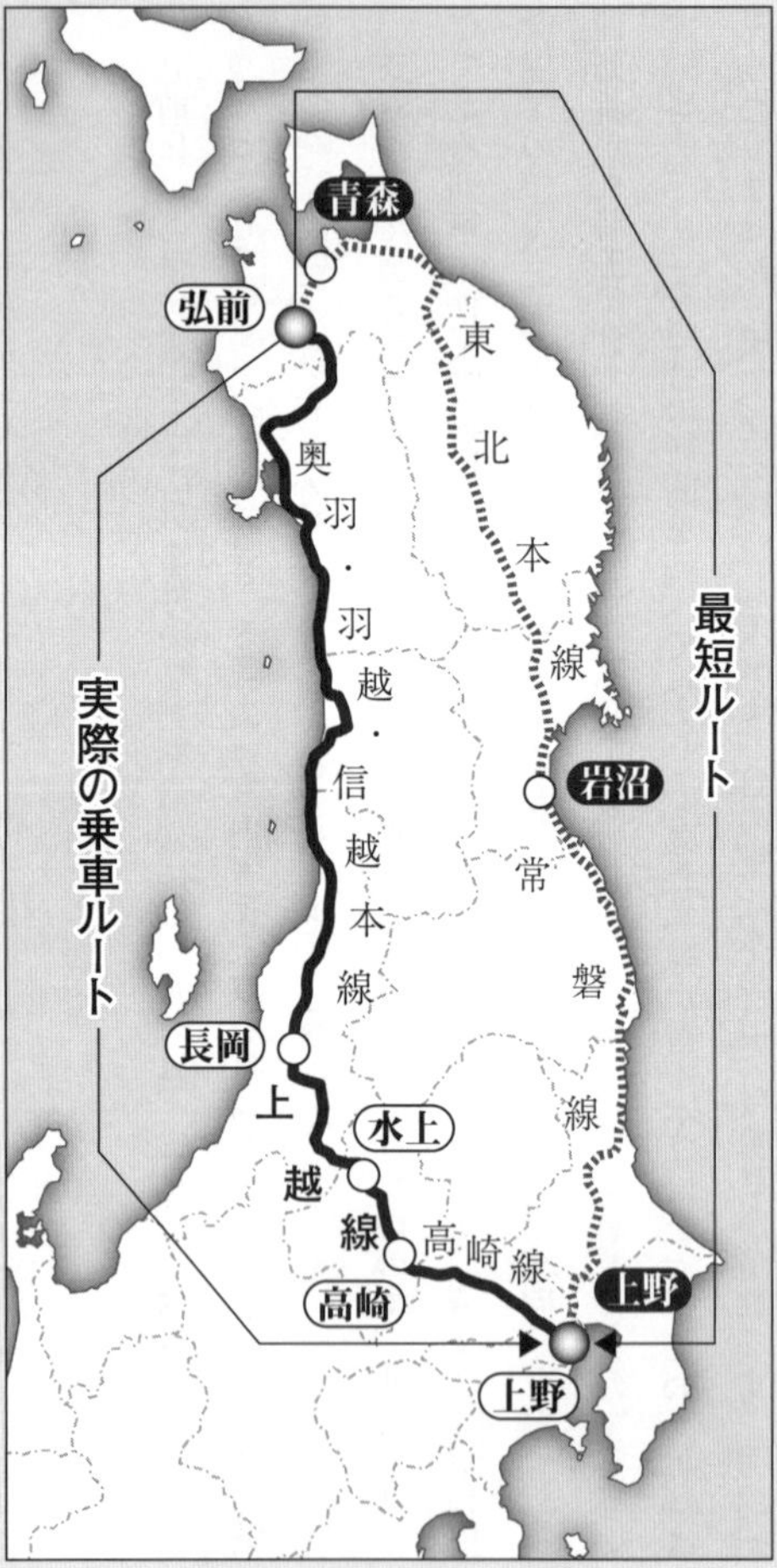

済ませてからであっても、弘前二〇時四分発の普通列車に乗れば、青森駅で東北本線、常磐線回りの急行に乗り換えて翌朝一〇時二五分に上野に着くことができました。これが最短のルートです。

秩父宮が東北本線に乗らず、遠回りの羽越・上越ルートをとった理由。それは、この旅程のもう一つの謎である、歴史学者・平泉澄《きよし》(一八九五〜一九八四)との密談の時間をつくるためではなかったかと私は思います。「水上駅からは東大教授平泉澄が乗車した」と清張も書いているのですが、この平泉は秩父宮に日本政治史を進講した人物で、青年将校とのつながりも深かったことが知られています。上越線の水上から乗り合わせた平泉が、高崎で退出するまでの約九十分間に秩父宮と何を語り合ったのかは、いまだに謎のままになっています。

清張は秩父宮と平泉の密談については重視していません。しかしこの謎については、ノンフィクション作家の保阪正康さんが前掲『秩父宮』で、立花隆さんが『天皇と東大』〈3〉(文春文庫、二〇一三年)で、それぞれ異なった見解を出しています。

保阪説は、平泉は決起将校に肩入れしていたが、秩父宮ははじめから決起将校を支持していなかったというもの。立花説はこれとは逆に、秩父宮は弘前出発時点では決起将校を支持していたが、車内で平泉に説得されて考えを改めた、というものです。この二説は、平泉があちこちに贈っていたという秩父宮の天皇即位を匂わせるような和歌や、後の平泉自身による回想をどう解釈するかによって分かれるところで、どちらも捨てがたいといえます。

いずれにしても、秩父宮が上野に到着したのは二十七日の一六時五九分。弘前出発から十六時間あまりが経っていました。清張の記述に戻れば、「上野からは陸軍省差回しの車でただちに参内、高松宮と会見」したあと天皇に面会、そのあと大宮御所に向かい、「赤坂表町の自邸に帰ったのは十一時ごろであった」といいます。陸軍省が上野で秩父宮を迎えたのは、駅からそのまま自邸に向かわれては「行動軍に『奪取』されそうなので、まず宮中に『連行』し、また帰邸もその警備が整うまで宮中に『軟禁』したようだ」と清張は書いています。

第五章 見えざる宮中の闇——『神々の乱心』

全精力を傾けた未完の遺作

『神々の乱心』は、一九九〇（平成二）年三月二十九日から九二（平成四）年五月二十一日まで『週刊文春』に連載された長編推理小説です。

連載開始時、清張は八十歳。途中で脳出血に倒れたため休載となり、九二年の八月四日に肝臓がんのため亡くなります。『神々の乱心』は清張の未完の遺作となりました。一九九七（平成九）年一月に文藝春秋から刊行され、二〇〇〇（平成十二）年一月には文庫版も刊行されています。

文庫版下巻の巻末に掲載されている「編集部註」に「本作品の構想は、著者が二十年以上も温めていたものである」とあります。『神々の乱心』は、清張がライフワークにしていた『昭和史発掘』の執筆過程で得た膨大な史料と関係者へのインタビューをもとに、最後に全精力を傾けた小説といえるでしょう。端的にいえば、二・二六事件を書く中で得られた、宮城占拠計画と秩父宮ないし貞明皇后の存在という二つの点。それらを一つの線につなげ、壮大な歴史小説に昇華させようとした試みです。

物語のあらましを紹介します。

一九三三（昭和八）年、埼玉県梅広《うめひろ》という架空の町（私の推理では、モデルは現在の東松山）に、月辰会《げつしんかい》という謎の教団がありました。埼玉県特別高等警察課第一係長・吉屋謙介は、そこから出てきた宮内省皇后宮職の下級女官・北村幸子を尾行し、東武東上線の梅広駅前で声をかけて尋問しますが、数日後、彼女は故郷である奈良県吉野で自殺します。吉屋は月辰会を不敬な野心を持った新興宗教の教団と推理し、独自に調査を始めます。

この小説では、女官という存在が大きな役割を果たしています。その一人が、北村幸子の上司で、幸子が「御霊示」と記された月辰会の封書を届けるつもりだった深町掌侍《ふかまちしようじ》こと萩園彰子。彰子の弟である萩園泰之は華族の次男の親睦団体である「華次倶楽部」の幹事を務めながら、幸子の自殺に関心を持ちます。物語ではこの萩園泰之と吉屋謙介の二人が探偵役となります。

もう一人が元女官の足利千世子で、彼女は引退した身でありながら、いまだ宮中、特に貞明皇后と通じているらしき存在です。栃木県佐野に住んでいますが、近くの渡良瀬遊水地で死体が上がるなど、謎の殺人事件が連続して起こります。鏡もまた大きな役割を果たしています。小説には三種の神器の一つ、八咫鏡《やたのかがみ》に擬された鏡と、半月形で裏に稲妻模様が入った凹面鏡という二つの鏡が登場します。前者の鏡が盗掘された内行花文鏡《ないこうかもん》であるのに対して、後者の鏡は月辰会会長の平田有信が満州から持ち帰った多鈕細文鏡《たちゅうさいもん》で、神鏡として月辰会地下の「聖暦の間」に安置されることになります。

泰之は幸子が生前、後者の鏡を教団内で見たという話から、月辰会が一九二一（大正十）年に起きた「大連阿片事件」と関係があり、その主宰者はかつて満州にいたのではと考えます。そして一九三四（昭和九）年三月、宮城内にある振天府《しんてんふ》*1で起きた怪事件が天皇への魘魅《えんみ》（呪詛の術）であることをつかんだ泰之は、そこにも月辰会の影を見ます。

平田有信は、かつて本名・秋元伍一の名で関東軍の特務機関に所属し、大連阿片事件にも関係していました。事件発覚後、満州の宗教を調べる旅に出た秋元は、新興宗教「道院」に目を付けます。そして道院の幹部、江森静子の行う降霊による乩示《チシ》（神がかりの状態でする占い）の法に魅せられ、静子とともに帰国して平田有信と改名し、埼玉の梅広で新しい宗教を興します。

栃木、埼玉で相次ぐ殺人事件を追う吉屋も、自分が常に泰之の後を追っていることに焦りを感じながら、ようやく大連阿片事件との関連に気づきます。また、月辰会に潜入させた幸子の兄・友一の報告で、元憲兵司令官をはじめとした陸軍の将官らが教団内で「神宝」と称された偽の神器を拝観していることを知った泰之は、月辰会を宮中に接近させようとしている平田の野望に気づき、慄然《りつぜん》とします。

裏で権力を持つ女性

第四章でお話ししたように、清張が『昭和史発掘』に取り組んでいたのは一九六〇年代から七〇年代にかけてのいわゆる「政治の季節」でした。『神々の乱心』の連載を始めたのは、昭和が終わり、平成が始まってまもなくのことです。

清張は自らの死期が迫ったとき、昭和という時代に改めて向き合おうとしたのだと思います。約二十年前に「発掘」した史料や取材で得た成果を使い、天皇制という課題に小説の形で決着をつけよう、「見えざる宮中の闇」をフィクションの形で描き出そう。そう考えたのでしょう。

『神々の乱心』のスケールは壮大です。天皇制、新興宗教、阿片などテーマは多岐にわたり、舞台も東京、埼玉、栃木、奈良、広島、さらには中国東北部・旧満州へと広がっています。今回は特に、『昭和史発掘』との関連を軸にこの小説を読んでいくことにしましょう。

本作で清張が焦点を当てたことの一つが、権力を握る女性の存在です。具体的に言えば、月辰会に入会しながら宮中に仕える女官や元女官の動きが克明に描かれ、その向こうに、宮中でいまだ大きな権力を握っているらしい貞明皇后の存在がほのめかされます。また月辰会の内部でも、表向きは男性の平田有信が教祖としてリーダーシップを執っているように見えながら、実はそうではなく、シャーマンで斎王《さいおう》台*2と呼ばれる江森静子が裏で力を持っていました。

第一章の『点と線』で出てきた香椎を思い出せば、神功皇后もまた同じような存在です。彼女は権力を持つと同時にシャーマンでした。ちなみに貞明皇后は一九二四（大正十三）年、東京帝国大学教授で法学者の筧《かけい》克彦が唱えた「神《かむ》ながらの道」の講義を、筧から直接受けています。信仰を第一とし、そこにおける男女の対等を説く「神ながらの道」を追求する中で、貞明皇后がお手本にした皇后の一人が神功皇后でした。

斎王台の静子が風邪をこじらせ、斎女と呼ばれた娘の美代子が代わって乩示を行ってい

『神々の乱心』主要登場人物

吉屋謙介　埼玉県特別高等警察課第一係長。普段は浦和町の県警察部勤務。月辰会に関わる怪事件を捜査。

萩園泰之　華族萩園家の次男。華次倶楽部幹事。北村幸子の自殺の原因を探り、月辰会の核心に迫る。

平田有信　本名・秋元伍一。月辰会研究所会長。元奉天特務機関の阿片密偵。

江森静子　月辰会研究所斎王台。元九臺の道院子院会長。乩示の法を「神占い」として行う。

江森美代子　静子の娘。月辰会研究所斎女。

北村幸子　宮内省皇后宮職員。深町女官・萩園彰子に仕え、使いとして月辰会に出入りしていたが、吉野川に投身自殺。

萩園彰子　泰之の姉。高等女官で源氏名・深町（深町掌侍、深町女官）。皇宮御内儀に奉仕。

足利千世子　喜連川典侍として昭憲皇太后（明治天皇皇后）、貞明皇后に41年間仕えた元女官。栃木県佐野に隠棲。

北村友一　幸子の兄。奈良県吉野町・春日神社の禰宜。幸子の死の謎を探り、泰之の依頼で月辰会に潜入。

畠田専六　元奉天特務機関長。元憲兵司令官。月辰会の信者。

るとき、突然静子が地下の「聖暦の間」にやってきます。「お、斎王台さま」と声を上げる平田有信。静子は美代子に、自分が見ている前でもう一度神占いをやってみなさいといいます。母の異様な姿に恐れをなす美代子。取りなそうとする平田を、静子は一喝します。

「ここではわたしが斎王台。絶対の権威です。美代子もあんたもわたしの家来じゃ。そこに坐って助手らしい代役をしている若い男は何者か知れぬが、ここを出て行っておくれ」(「月辰会の犯罪」)

こう命令されると、平田も逆らえないわけです。そして静子は自分が乩示をやってみせるといい、神のお告げである文字を棒で砂盆に書き始めます。静子が文字を書く。平田がそれを紙に写し取る。美代子は静子の文字を棒でなぞる。静子は美代子を自分の跡継ぎにしようと考えているのですが、ここでは「下手くそ。愚か者。御神鏡さまに恥しい!」とヒステリックに美代子をののしります。

美代子に近づくと、その手から棒を取り上げた。

砂が散った。あっと云うまもなかった。

「啊呀《アイヤ》」

静子は叫ぶなり、力をこめて棒を二つにへし折った。T字の頭が裂けた。

静子は無言で平田有信の手をつかむなり、引っ立てた。強い力だ。（略）平田はよろめいた。（同）

そして平田は静子の部屋に連れて行かれ、「脱ぎなさい」と命じられ、脱いだ祭服を静子にハサミで切り刻まれます。そして布団に押さえ込まれ、美代子への嫉妬に狂った静子にされるがままとなります。

教祖という表向きの権力者とは違うところに権力がある——。そのことがよくわかる場面です。そして清張は、こうした関係を、ある意味で宮中の似姿として描いたのではないかと思います。

清張が『神々の乱心』を連載していた平成のはじめには、まだ『昭和天皇実録』ができておらず、「貞明皇后実録」[*3]も公開されていませんでした。前者は二〇一四（平成二十六）年から公開され、一五（平成二十七）年からは一般向けの刊行も始まりましたが、これらが公開されてわかったことがあります。それは、日中戦争および太平洋戦争の時期、戦地から帰ってきた軍人の多くが、昭和天皇とその母である貞明皇后の両方に報告に訪れているということです。

戦争の最前線から帰ってきた軍人は、まず参内して昭和天皇に報告する。場合によっては、香淳《こうじゅん》皇后にも報告する。そのあとに貞明皇后のいる大宮御所に行ってまた報告する。一九三八（昭和十三）年から四五（昭和二十）年にかけて、そうした軍人はおびただしい数にのぼっています。

昭和天皇は大元帥ですから、軍人は参内して戦況を報告するのが義務でしょう。しかし戦況が悪化して本格的な空襲が始まる一九四四（昭和十九）年十二月以降、軍人が天皇に会う時間は午前の一回だけとなり、天皇は「ご苦労であった」というような儀礼的なことしか言わなくなります。ですから会っている時間も短い。しかし同じ日の午後に軍人が大宮御所に行くと面会時間が長いのです。椅子まで与えられて、はるかに長時間話している。こちらは全く儀礼的ではないのです。

例えば四四年十二月六日の午前に昭和天皇、午後に貞明皇后に面会した前支那派遣軍総司令官の畑俊六（一八七九〜一九六二）は、貞明皇后が戦況について「中々御承知なるには恐懼《きょうく》の外なし」と舌を巻いている（『続・現代史資料4　陸軍　畑俊六日誌』、みすず書房、一九八三年）。となると、いったいどちらが本当の支配者かという話になってきます。それと同じような構造が、月辰会の中にも見えるのです。

「次男」という存在

『神々の乱心』でもう一つポイントとなるのは、次男の存在です。華族の次男として事件の謎を追う萩園泰之のほかにも、この小説にはさまざまな次男が登場します。

まずは、大正天皇と貞明皇后の次男・秩父宮です。秩父宮は、登場人物として直接描かれたり、何度も言及されたりはしないのですが、実は、月辰会の狙いがそこに収斂《しゅうれん》していくのではないかと思えるような存在です。ここで考えたいのは、月辰会の本部を「梅広」という架空の地名を使って、東武東上線の東松山（当時の駅名は武州松山）に置いていることの意味です。この点に注目しながら改めて読んでみると、冒頭から非常に暗示的なのです。

　東武鉄道東上線は、東京市池袋から出て埼玉県川越市を経て、秩父に近い寄居《よりい》町にいたっていた。（「月と星の霊紋」）

　清張は「秩父に近い寄居町」とわざわざ書いています。何気なく読んでしまう小説の書き出しの一文ですが、清張は月辰会の野望をあらかじめ意識してこう書いているに違いありません。そして、これまで取り上げた小説同様、清張はここでも地理を鉄道で考えています。

　興味深いのは、吉屋謙介が梅広駅前で北村幸子に声をかけた二か月前に当たる一九三三（昭和八）年八月に、秩父宮夫妻が東武東上線に乗り、池袋から武州松山を経て秩父に行っていることです（「秩父三峯に登りて」、『奥秩父』第一輯、一九四八年所収）。つまり秩父宮は、実際に梅広を通っていたことになるわけです。
宮中でいまだ権力を握っているらしい貞明皇后。その次男で昭和天皇の次弟でもある秩父宮。二人の関係について、小説では一か所だけ、次のように触れられています。

大宮さまは、秩父宮がお気に入りである。秩父宮がご機嫌伺いに行かれると、大宮さまは「淳宮《あつのみや》ちゃん、淳宮ちゃん」と大はしゃぎで歓待される。淳宮は秩父宮家創立前の名である。大宮御所の大膳職に云いつけていろいろとご馳走を運ばせるが、松平勢津子《せつこ》さんと結婚されて五年も経ち、陸軍大尉にも進級された秩父宮はまだ幼児扱いにされてありがた迷惑。だが、大宮さまはこうして一時間でも長く秩父宮を引きとめて話したい。(「第一の解決」)

これは萩園泰之が、自分とあまり関係がよくない姉・彰子について考えを巡らせる中で出てくる文章で、「大宮さま」は貞明皇后を意味します。この前には、貞明皇后と昭和天皇の妃である香淳皇后は「円満を欠いて」おり、仕える女官たちも大宮御所派と宮城派に分かれ対立している、大宮御所派の方が古いしきたりが残っている、といったことが述べられています。清張が相当いろいろな史料を読み込んで書いているところではないでしょうか。

アマテラスの弟・ツクヨミ

もう一人の次男は、『古事記』や『日本書紀』の神話に出てくるアマテラス（天照大御神、天照大神）の弟とされる神、ツクヨミ（月読命、月読尊）です。ただしこの場合、アマテラスが男神でなければツクヨミは次男になりません。アマテラスが女神だとすれば長男になります。いずれにせよ月辰会は、このツクヨミを祭神としています。月辰会の「月」は、ツクヨミを意味しているのです。

アマテラスの弟といえば、スサノヲ（須佐之男命、素戔嗚尊）が有名です。記紀によると、イザナキ（伊邪那岐命、伊弉諾尊）が黄泉《よみ》の国から帰ってきて、左目を洗ったときに生まれたのがアマテラス、右目を洗ったときに生まれたのがツクヨミ、鼻を洗ったときに生まれたのがスサノヲと、三きょうだいが生まれたことになっているのですが、その後の物語でもっぱら出てくるのはアマテラスとスサノヲだけで、ツクヨミは全くといっていいほど出てきません。

月辰会の教祖となる平田有信（満州での偽名は横倉健児）が、ツクヨミを祭神にした理由について、小説では次のように記されています。

伊邪那岐尊は長女の天照大神に高天原《たかまがはら》の統治を、長男の月読尊に夜の統治を、末子の須佐之男（素戔嗚）尊には海の統治を命じた。

スサノオはそれが不満で天上界で暴れまわり、ついに根の国に追放されることで有名だが、夜を統《す》べるツクヨミはさっぱり活躍しない。ツクヨミの「月読」は文字の上から「暦《こよみ》を掌《つかさど》る神としての性格を持つ」という説がある。暦は、日月の運行から予測的な性能を持つ。

三姉弟といっても、天照大神は最高位だからツクヨミは事実上、次弟である。なんら活動するところがないから、よけいにその感がある。

「月読尊」を主神にしようと横倉は考えついた。次弟であって、しかも目立った活躍がない。これなら神経過敏な警保局に「不敬罪」の口実を与えることはない。(『3』消ゆ」)

ここで清張は、ツクヨミを長男としています。つまりアマテラスを女神としているわけですが、三きょうだいの二番目であり、事実上の次弟であること自体を否定してはいません。

中山道の浦和宿に近い岸村には、もともと「月読社」「月の宮」といわれた調《つき》神社がありました。いまでいえば、岸村はJR南浦和駅に近いさいたま市浦和区岸町に当たります。どうやら清張は、秩父のほかに、調神社が埼玉にあることから、月辰会の本部を埼玉に設定したようです。

さらにいうと、埼玉県にはスサノヲを祀る氷川神社が、大宮を中心としてたくさんあります。江戸時代の国学者・平田《ひらた》篤胤《あつたね》*4(一七七六~一八四三)は、ツクヨミとスサノヲを同一神と見なし、イザナキから生まれたのはアマテラスとツクヨミ=スサノヲの二柱だと主張しました。秋元伍一は月辰会を起こすにあたり、これから自分は篤胤にあやかり、平田

『神々の乱心』人物相関図

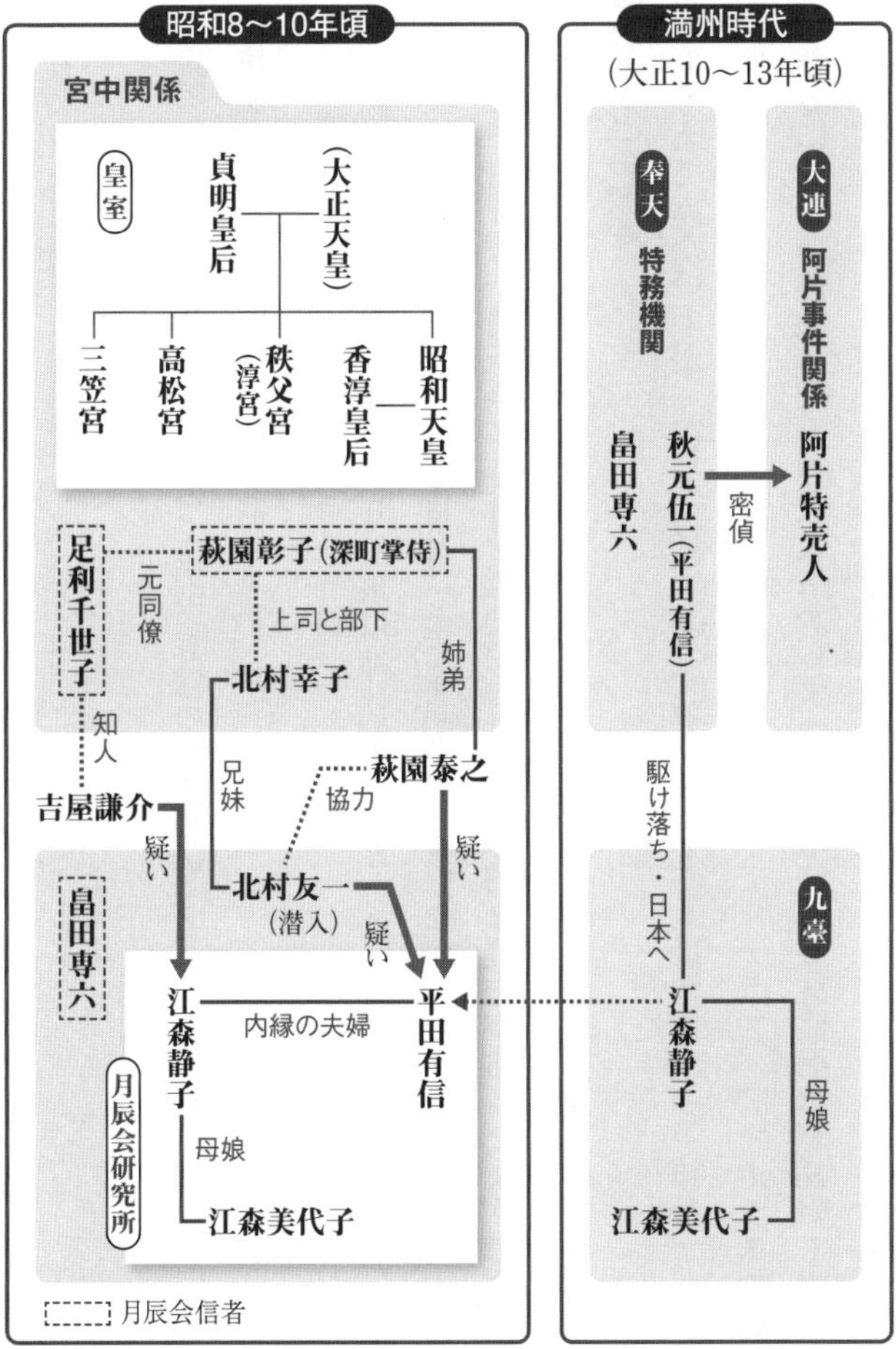

※ 図録「松本清張最後の小説 神々の乱心―乱心の神々はどちらにつくのか―」(北九州市立松本清張記念館 2010年, p.4)をもとに作成

有信を名乗ると言い出します。

「（略）ぼくも秋元伍一をやめて平田有信の名に改める。平田は江戸時代の国学者平田篤胤大人《うし》から思いついた」（同）

篤胤の説に従えば、調神社ばかりか氷川神社が多く分布する埼玉とツクヨミの関係は、ますます濃くなるわけです。清張自身はそこまで考えていなかったかもしれませんが、ツクヨミを祀る月辰会が埼玉県に本部を置いたのは、必然的な理由があったようです。

「神々の乱心」の意味

ここで考えてみたいのが、『神々の乱心』というタイトルの意味です。「神々」とは、昭和天皇につながる神々ということでしょう。神話時代のアマテラス、アマテラスの孫のニニギ、さらにそのひ孫にあたる神武天皇からずっと男系による皇位継承が続いて昭和天皇まで至っているというのが、いわゆる万世一系のイデオロギーです。それを担保しているのが、アマテラスから受け継がれてきたとされる三種の神器にほかなりません。

ところが、「神々」から伝わる神器をそろえて、秩父宮を天皇にまつり上げようとする勢力がいる。天皇家は北朝の血統を継いでいましたが、月辰会は血統よりも神器をもっている方を正統とした南朝正統論を踏襲する形で、本物の神器は秩父宮がもっていると称しました。そして一九三三（昭和八）年に皇太子（現上皇）が生まれてからも、昭和天皇から皇太子へと継承される皇位を否定しようとした。つまり「乱心」を起こしたわけです。

小説が未完で終わっているため、「乱心」が本当に意味するところを断定することはできません。しかし小説を読んでいくと、上記のような解釈が成り立つのです。

この解釈を導く象徴的な出来事が、前述した宮城内の振天府で起きた怪事件、すなわち、明治天皇に初孫が生まれたことを祝う午餐会の献立表が、振天府の壁に打ちつけた釘に吊り下げられていた、という事件です。いったい誰が、何のためにこんなことをしたのか——。萩園泰之は謎を追求するうち、これは陰陽道から出た「魘魅《えんみ》」という呪詛の法ではないかと気づきます。

しかし、呪詛は故人に対してはおこなわれない。対象は現存の人にかぎられる。もし「献立表」掲示行為が魘魅の意味だとすれば――。

それは皇孫にむけている、としか考えられない。……

泰之は愕然《がくぜん》となり、その場に氷のように凍《い》てついた。（「不穏な卜占」）

皇孫とはつまり、昭和天皇のことです。振天府に献立表を吊り下げるとは、昭和天皇を呪い殺そうとする行為ではないかというのです。

小説によれば、この午餐会が開催されたのは一九〇一（明治三十四）年七月六日。「生れたばかりの皇孫に明治天皇が初めて接し、満悦のあまりに開いた午餐」だといいます。出席したのは皇族や政治家などの重臣で、吊り下げ事件の謎を追う憲兵隊は、これらの出席者が当日献立表を持ち帰り、家に保存していたものが何らかの理由で流出したのではないか、と推理して調査を始めるのですが、すでに代替わりした当主たちからはそれらしい回答は得られませんでした。

ちなみに、この午餐会については『昭和天皇実録』第一にも記述があり、陪席者の名前が高等女官の名前も含めて記載されています。それを読むと、『神々の乱心』において献立表を持ち帰って振天府に吊り下げたのは重臣たちではなく、高等女官かもしれない、という想像がふくらみます。『神々の乱心』の執筆当時はもちろん『昭和天皇実録』はまだできていないわけですが、清張はさまざまな史料を読む中で、それなりの根拠を持った上でこうした話を書いているような気がします。私の推理では、献立表を保管していたのは、午餐会に出席した足利千世子、宮中三殿に近い振天府に吊り下げに行ったのは、皇后の代拝のため宮中三殿に赴いた萩園彰子とみています。

見えないものを書く

私は、清張がこの小説を書いた狙いは、タブーを恐れず、「見えないものを書く」ということだったと思います。たとえば昭和天皇と貞明皇后の間に確執があったとか、秩父宮と貞明皇后が非常に親しいといったことは、濠によって隔てられたあちら側の世界の話であり、普通に生活していれば見えないことです。私たちが抱く皇室のイメージは、テレビでよく見る、みんなで仲睦まじくアルバムなどを見ているような家族団欒の姿でしょう。

清張が提示しているのは、そうではない側面です。皇室の人たちの間にも確執があり、それが、ときには皇位継承にまで関わってくるような問題をはらんでいた。そうしたことを目に見える形で書くということが一つです。

もう一つは、さきほどから触れている、女性が持っている権力性を書くということです。『神々の乱心』を読むと、大正天皇が亡くなったあとに残った皇后が、皇太后としてその後も君臨しているという昭和初期の宮中の実態というものが見えてきます。松本清張以前、こんなことを指摘した人は誰もいません。私はそこに非常に大きな刺激を受けました。そして書いたのが拙著『昭和天皇』です。この本は従来の昭和天皇研究とはだいぶ異なる視点から書いたものですが、そのとき最も大きなインスピレーションとなったのが『神々の乱心』でした。

この小説では、斎王台こと江森静子が、月辰会の「聖暦の間」で絶大な権力をふるっています。その姿はある意味で古代的で、シャーマンであるとともに権力者でもある神功皇后を彷彿とさせることは前に指摘しました。清張は、よく似た構造が昭和の宮中にもあったのではないか、我々の見えない宮中の奥で、女性が権力をもつ構造が生きているのではないかということを示唆しています。

史料公開で明らかになった清張の先見性

『昭和天皇実録』の公開により、こうした構造が昭和初期に実際にあったのではないかということが少しずつわかってきました。私が『昭和天皇実録』を読んで一番驚いたのは、一九四五（昭和二十）年七月三十日に大分県の宇佐神宮、[*5]八月二日に福岡県の香椎宮に、昭和天皇が勅使を送り、敵国撃破を祈らせていたという事実です。まさに終戦の直前に、なぜ伊勢神宮ではなく宇佐神宮と香椎宮に勅使を送っていたのか。これは、従来の昭和天皇研究では説明がつきません。

香椎宮については第一章で紹介しましたが、宇佐神宮も同じく、神功皇后に関係のある神社です。神功皇后については、戦争に勝った皇后として、貞明皇后が思い入れを持っていました。ですから、この勅使派遣には貞明皇后の意向があったのではないか、というのが私の説です。昭和天皇は戦争末期まで、「勝ちいくさ」にこだわる貞明皇后の意向に逆らえなかった。そう考えることができるのです。裏で女性が権力を握っていたという清張の見方は本当に鋭かったと思います。

なかには、『神々の乱心』は不敬小説ではないか、と考える人がいるかもしれません。ではなぜ、清張はこうした小説を堂々と書くことができたのでしょうか。

そこは『昭和史発掘』とも共通するところで、清張は決していたずらに想像を膨らませたわけではなく、史料を通して明らかになった事実を土台にしているという自負があったと思います。たとえば月辰会の「聖暦の間」で行われる儀式についても、実際の宮中祭祀を彷彿させるところがあるのです。「聖暦の間」は皇居の賢所《かしこどころ》に、神鏡とされた凹面鏡は賢所に安置された八咫鏡の分身に相当しますし、低い声で祈りの言葉を述べる江森静子の姿は、宮中祭祀で「御告文《おつげぶみ》」と呼ばれる祝詞《のりと》を読み上げる天皇の姿にも似ています。

貞明皇后は、祈るということに対し非常に熱心でした。皇太子裕仁が摂政になってから初めての新嘗祭《にいなめさい》*6を地方視察のため行わないと聞くに及び、貞明皇后は怒りを爆発させました。そして宮内大臣・牧野伸顕(一八六一〜一九四九)に対し、皇太子は最近こうしたお務めに対し「御怠慢」の様子があるから改めてほしい、しかも「御形式になく御心より御務めなさるゝ様」自覚してほしいと言ったといいます(『牧野伸顕日記』、中央公論社、一九九〇年)。つまり、型通りにできるだけではだめで、重要なことは、神の存在を信じて心から祈れるかどうかにあるのだというわけです。『神々の乱心』でも、斎王台の江森静子が斎女の美代子に対し、「下手くそ」などと言って叱咤しますが、これも単に型通りに乱示を行うだけではだめだということでしょう。

清張は『昭和史発掘』の中で、島津ハル事件を取り上げています。これは、香淳皇后に仕えていた女官長・島津ハル(一八七八〜一九七〇)が、夫の病死に伴い女官長を辞めたあと、「神政龍神会」という神道系新興宗教団体に入ったのち、不敬罪で逮捕されたという事件です。取り調べ中に島津ハルは、昭和天皇は早晩亡くなるので自分たちは高松宮を擁立するというすさまじい予言をしたようですが、清張はそこで次のように述べています。

とにかく島津ハル事件のようなのが宮廷の周辺に起るのも、それだけ宮廷に古代王朝のシャーマニズム的宗教の名残りがまだ揺曳《ようえい》していたからにほかならない。(「特設軍法会議」)

つまり清張は、近代国家になったといわれる日本でも、宮中には「古代王朝のシャーマニズム的宗教の名残り」が脈々と生き続けている、そして影響力も持っていると見抜いた。そしてその実態を『神々の乱心』において、フィクションという形で明らかにしようと意図したのです。

ここで思い出すべきは、二〇一六(平成二十八)年八月八日、天皇明仁(現上皇)自身が語った「象徴としてのお務めについての天皇陛下のおことば」です。その中で天皇明仁は、天皇の務めとして「何よりもまず国民の安寧と幸せを祈ること」を大切に考えてきたと言っています。「何よりもまず」大切なのは「祈ること」、すなわち宮中祭祀なのです。清張の洞察はそこにつながるのです。

補足していえば、清張は宮中に宗教性が残っていることに対し、それがいいことだとも、悪いことだとも評価してはいません。それよりもむしろ、現代の中に古代的なものがまだ根強く残っているという事実自体が知られていないからそれを描こう、それによって昭和史に対する見方を変えよう、としているといえます。清張は、作品テーマに対し自分の価値判断を軽々に入れることはしません。そこがまた、私が清張に惹かれるところでもあります。

結末のシナリオを予想する

物語の終盤で、吉屋謙介は栃木と埼玉の殺人事件の捜査が暗礁に乗り上げ、萩園泰之は月辰会にスパイとして送り込んだ北村友一との連絡が途絶えます。二人の探偵役が行き詰まったまま、教祖の平田有信が斎王台の江森静子に対し、自らの野望を打ち明ける場面の途中で物語は未完に終わっています。平田は時機を見て、月辰会が持っている偽の三種の神器こそ本物の三種の神器だと発表するつもりだと言います。大丈夫なのかと問う静子に対し、平田は「おれには目算がある」と応じます。

平田の目算とは何なのか。物語はこのあと、どのような結末を迎える予定だったのでしょうか。

ここまでの展開と、下巻巻末の「編集部註」にあるクライマックスの構想から、私は清張が考えたであろう一つのシナリオを予想してみました。それは、二・二六事件をモデルとするクーデターが起きるというシナリオです。

女官を退職してすぐに月辰会に入信した足利千世子は、貞明皇后に月辰会への入信を働きかけます。江森静子の「お諭《さと》し」をもとに、秩父宮をツクヨミに擬する教義を平田有信がつくり、法華宗（小説では貞明皇后は法華宗を信仰していることになっている）を信奉している貞明皇后を改宗させるのです。

同時に、月辰会内部で権力闘争が起こります。平田のはからいで、静子に代わって美代子が斎王台となり、北村友一が助手になります。静子は狂乱するものの、かえって霊能力が高まります。

美代子の乱示により、決起の「お諭し」が下されます。足利千世子が住んでいる佐野の喜連庵《きつれあん》が武器庫となり、月辰会の神器を崇拝する元憲兵司令官の畠田専六グループによるクーデターが起こります。宮城を襲撃し、昭和天皇を孤立させる間に、平田は神器を奉じて大宮御所に潜入。そして大宮御所を訪れた秩父宮に神器を献上し、新たな天皇として即位させようとします。しかしその瞬間、雷が響いて平田に命中し、クーデターは失敗に終わります。

平田が美代子に興味を持っていると思い込み、嫉妬に燃える静子の魔魅は、昭和天皇ではなく、平田に向けられていたのです。

秩父宮をツクヨミに擬する教義を平田がつくる、としましたが、小説の中で江森静子も言うように、平田という人物は博覧強記《はくらんきょうき》でとにかくいろんなことをよく知っている。ですから、月辰会の教義をつくることくらいは簡単にできたことでしょう。清張は、『点と線』の結末での三原警部補の手紙や、『砂の器』での関川重雄の評論文など、よくそれらしい引用文を作って挿入するという手を使います。同じようなことをここでもやったのではないかと思います。

平田自身はおそらく、静子による魘魅、すなわち呪いの力で昭和天皇を排除することを考えていたのでしょう。しかし、静子は逆に平田に対する憎しみが高まり、呪いをそちらに向けてしまったのです。つまり最後まで、静子は平田を上回る力を持ち続けたことになります。

「編集部註」によると、清張は物語の結末について、担当編集者の藤井康栄とこんな話をしていたそうです。

「教祖は最後は死ぬ。劇的なクライマックスを作ろう。〝シャッポ〟と〝雷〟とどっちがいい?」

「それはだんぜん稲妻ですよ」

「そうだな。そうしよう」

宮中の派閥抗争を利用して野望に手をかけた平田が、悪天候をついて皇太后の居所・大宮御所に入ろうとしたとき、稲妻が閃く。満洲時代に遊蕩生活を送った平田は梅毒に冒されており、それが刺激となってついに錯乱、御所で大暴れして皇宮警察に取り押さえられる。やがて来る平田の死。月辰会は壊滅へと向かう。

これをもとに考えると、『神々の乱心』の終わり方がある程度予想できます。「シャッポ」(帽子)はよくわかりませんが、「シャッポを脱ぐ」、すなわち二・二六事件同様、鎮圧されるということでしょうか。しかしながら、清張のことですから、二・二六事件をモデルにしたとしても、あっと驚くような全く別のシナリオがあったのかもしれません。

＊1　**振天府**

吹上御苑の南端にある木造の建物で、日清戦争での戦利品や戦没者の名簿などが納められている。北清事変（義和団事件）での戦利品を納めた懐遠府や、日露戦争での戦利品などを納めた建安府などとともに、これらの建物群は御府《ぎょふ》と総称された。

＊2　**斎王**

「さいおう」「いつきのひめみこ」。伊勢神宮の神に仕えた未婚の内親王・女王。制度としては壬申の乱（六七二）の直後に天武天皇の娘・大伯皇女《おおくのひめみこ》を斎王に任じたことに始まるが、十四世紀に廃絶された。

＊3　**「貞明皇后実録」**

「貞明皇后実録」『昭和天皇実録』などの実録は宮内庁書陵部編修課で編纂し、宮内公文書館が所蔵し公開しているが、「貞明皇后実録」はまだ出版社から刊行されていない。

＊4　**平田篤胤**

一七七六〜一八四三。江戸後期の国学者。本居宣長の「没後の門人」を自称したが、宣長の考証学的学風とは異なり、古史・古伝に新解釈を加えて天地創造から死後の世界（幽冥界）

までを説明する神学（復古神道）を確立、幕末維新期の思想に大きな影響を与えた。

＊5 **宇佐神宮**

大分県宇佐市にある神社。誉田別命（ホンダワケノミコト：応神天皇）・息長帯姫命（オキナガタラシヒメノミコト：神功皇后）・比売大神（ヒメオオカミ）を祭神とする。古来朝廷の崇敬が厚く、奈良時代に道鏡を皇位に就けようとする称徳天皇の野望を阻止した「天つ日嗣には必ず皇緒を立てよ」という神託で有名（宇佐八幡宮神託事件）。

＊6 **新嘗祭**

宮中で行われる祭祀の一つ。天皇みずからその年収穫した穀物を神に供え共食する。令制では十一月下旬の卯の日とされたが、太陽暦が施行された一八七三（明治六）年からは十一月二十三日に定められた。現在の国民の祝日である勤労感謝の日。天皇即位後最初に行われる新嘗祭は大嘗祭と呼ばれる。

終章　「平成史」は発掘されるか

歴史家・思想家としての松本清張

清張は、ベストセラーを次々に世に送り出し、数多くの映画化・ドラマ化なども通じてその作品がミステリーファン以外にも広く知られる国民作家です。同じく国民作家と呼ばれる人に、司馬遼太郎がいます。司馬は大阪出身で、直木賞受賞を機に産経新聞の記者から専業作家に転身。福岡出身の清張とは「反中央」志向という点で共通しますが、異なるところもいろいろとあります。

まず、清張が徹底して昭和を描いたのに対し、司馬は明治を描きました。司馬の明治は「司馬史観」などといわれ、歴史学者が司馬と対談するなど、学界でも無視できないほど知られるようになっています。それは、明治という時代を讃える一方、昭和はそれに比べて悪くなっていった時代だとする見方のことです。彼の代表作の一つである『坂の上の雲』の作品タイトルに象徴されるように、司馬の描く明治には坂を駆け上がっていくような明るいイメージがあります。

それに対して、清張が描く昭和は、正直に言って暗いですね。『日本の黒い霧』や『昭和史発掘』がそうであるように、ひたすら時代の暗黒面を描いていくようなところがあります。

一方で、司馬は歴史を男性中心に見ているという感じがします。ですから読者も圧倒的に男性が多い。対して清張の作品には、必ず女性が出てきます。これは第一章の『点と線』から指摘してきたことですが、重要な鍵を握っているのは実は女性であるという視点は、『神々の乱心』まで一貫しています。ここは司馬遼太郎だけでなく、多くの男性の歴史学者たちとも全く見方が違うところです。

そのためか、清張には女性の読者も大変多くいます。私の母もそうで、『点と線』も母がもっていた本を借りて読みました。私は昨年、名古屋で松本清張についての連続講座を行ったのですが、受講生には女性がかなり多くいました。年配の女性もいて、こういう人たちもやはり清張を読んでいるのだなと改めて感じたものです。

確かに『対談 昭和史発掘』（文春新書、二〇〇九年）という本はありますが、清張と対談しているのは城山三郎（一九二七〜二〇〇七）、五味川純平（一九一六〜一九九五）、鶴見俊輔（一九二二〜二〇一五）の三人で、歴史学者は入っていません。司馬の明治と比較すると、昭和史家としての清張は、特にアカデミズムの世界では不当なほど黙殺されているように思います。

私はそこに学者のおごりを見ます。自分たちは歴史研究のプロだ、松本清張は小説家で、やっていることはしょせんアマチュアの仕事に過ぎない、あるいは今日の研究水準からすると誤りも少なくない、という態度です。実際、宮城占拠計画について、清張が『昭和史発掘』ではじめて明らかにしたことに十分な敬意を払わず、あたかも清張が「警視庁占拠部隊を宮城に入れようとしていたのだというような推理」(傍点引用者)だけをしていたかのように記した研究書もあります(筒井清忠『二・二六事件と青年将校』、吉川弘文館、二〇一四年)。清張が二・二六事件の研究のためにどれだけの史料を集めて読破していたかを想起すれば、どうしても違和感をぬぐえません。

現在でも、すぐれた小説の中には、学者が到底思いつくことのできない着眼点が、たとえ萌芽的な形であるにせよ、認められることがあります。天皇制について、その先駆けとなる小説を書いた作家こそ、松本清張でした。私が清張を、司馬と並ぶ国民作家としてだけでなく、いまなお解明されない天皇制の深層を見据えようとした、スケールの大きな歴史家ないし思想家として見ることが必要だと思う理由はそこにあります。

『平成史発掘』のテーマ

もし清張がいま生きていて『平成史発掘』を書くとしたら、どういうテーマを選ぶでしょうか。

天理研究会（現・ほんみち）や大本などの新興宗教に対する清張の関心を踏まえれば、当然一九九五（平成七）年に起こったオウム事件を取り上げる可能性が高いでしょう。確かに二・二六事件と同様、麻原彰晃をはじめとする事件の中心メンバーがほぼ全員処刑されたため、永久にわからないことが残りましたが、教団の最高幹部だった上祐史浩ら、若干の元幹部が生き残っていることもまた事実です。

おそらく清張は、『昭和史発掘』の「二・二六事件」で、事件の先駆けとなる相沢事件から事件当日の襲撃の模様、そして事件の鎮圧と裁判、判決へと至る一連の経緯に多くの紙幅を割いたように、松本サリン事件から地下鉄サリン事件当日の信者の動き、そして教団幹部の一斉逮捕と裁判、判決、そして処刑へと至る一連の経緯を、生き残った元幹部や遺族への取材を交じえつつ、徹底的に描こうとしたでしょう。いや、処刑される以前の段階で、東京拘置所などに収容されていた元幹部と面会したり、手紙のやりとりを交わしたりすることで、清張ならではの視点を打ち出したに違いありません。

それだけではありません。晩年まで続いた天皇制に対する関心を踏まえれば、二〇一九（平成三十一）年四月三十日の退位とともに上皇と上皇后となった天皇明仁と皇后美智子の即位以来三十年におよぶ歩みもまた、『平成史発掘』の重要なテーマになったのではないでしょうか。

天皇明仁と皇后美智子は、一九九一（平成三）年七月に雲仙普賢岳の大火砕流に伴い、被災者が収容された長崎県島原地方の体育館を訪れ、二手に分かれてひざまずき、一人ひとりに向かって同じ目の高さで話しかけました。それはまさに、「昭和」とは異なる「平成」の幕開けを告げる出来事にほかなりませんでした。このスタイルは、北海道南西沖地震や、阪神・淡路大震災、新潟県中越地震など、大きな災害が起きるたびに繰り返されることになります。

二〇一一（平成二十三）年三月十一日に起こった東日本大震災では、五日後の三月十六日に天皇自身がテレビに出演し、国民を直接励ましました。天皇がテレビに出演し、用意してきた「おことば」を読み上げたのは、これが初めてでした。政府や議会を飛び越え、天皇と国民が一体となったのです。この放送は、地震や津波、原発事故により、かつてないほど大きな不安が広がっていた人心を落ち着かせ、天皇に対する崇敬を呼び起こす上で圧倒的な影響力をもたらしました。

自らの「おことば」を実践するかのように、天皇は七週連続で皇后とともに被災地や避難所を訪問し、再び二手に分かれてひざまずき、一人ひとりに語りかけました。実際には皇太子や秋篠宮のほか、政治家や宗教者なども被災地を回っていたにもかかわらず、天皇と皇后の姿ばかりがクローズアップされ、テレビで二人の映像が繰り返し流れたのです。

おそらく清張ならば、ここに平成史の一つの分岐点を見たに違いありません。なぜ東日本大震災をきっかけとして、天皇と皇后の存在感が増したのか。そのプロセスを徹底的に検証したでしょう。

同時に清張は、天皇の退位へと向かうプロセスについても関心を注いだように思われます。天皇が初めて退位の意思を表明したのは、二〇一〇（平成二十二）年七月二十二日に皇居の御所で開かれた参与会議の席上でした。けれども歴代の内閣は、この事実を知らされていなかったか、知らされても憲法に抵触することを怖れて十分に対応しようとはせず、しびれを切らした宮内庁がNHKにリークさせ、二〇一六（平成二十八）年八月八日の「象徴としてのお務めについての天皇陛下のおことば」発表に至ったとされています。二〇一一（平成二十三）年三月十六日に続いて、天皇は再びテレビに出演しました。天皇がテレビを通して直接国民に退位の意思を強くにじませれば、圧倒的多数の国民がこれを支持することは、前回の経験からわかっていたはずです。天皇は、動こうとしない政府や国会を動かすために、政府や国会を飛び越え、国民に向かって直接訴えようとしたわけです。

そう考えると、このときの天皇の行動には、清張が『昭和史発掘』で最も力を込めて解明しようとした二・二六事件と、一見対照的でありながらよく似た思考が現れていることがわかるでしょう。

二・二六事件では、青年将校が下からの「君民一体」を目指して、首相や大臣らの「君側の奸」を強制的に排除しようとしたことに対して、昭和天皇が激怒しました。一方、平成の天皇は、いわば上からの「君民一体」を目指して、政府や国会を飛び越えて国民と直接つながろうとし、圧倒的多数の国民もまた天皇の思いを支持したのです。青年将校がもし生きていたら、ここにこそ自分たちが理想とした「国体」が現れていると感じたかもしれません。清張自身に、ぜひとも感想を聞いてみたかったところです。

「おことば」と祈り

天皇自身が象徴とは何かを定義した「おことば」にも注目しておく必要があります。ここで天皇は、象徴天皇の務めの一つとして、「国民の安寧と幸せを祈ること」を挙げています。これは宮中祭祀、すなわち皇居の宮中三殿でアマテラスなどの神々に向かって祈るという行為を意味します。

宮中祭祀では、天皇は祭服に着替え、天皇や皇族や祭祀をつかさどる掌典職の職員以外に入ることのできない宮中三殿の内部に入り、御告文と呼ばれる宣命書きの文章を読み上げます。『神々の乱心』にも、月辰会の教祖、平田有信が祭服に着替え、アマテラスの次弟、ツクヨミを本尊とし、本殿の地下にあって一般の信者が立ち入ることのできない「聖暦の間」で神の言葉を筆録する場面が出てきます。宮中三殿の中央の賢所に八咫鏡の分身が安置されているように、聖暦の間にも半月形の凹面鏡が安置されています。

天皇明仁の「祈り」に対する熱心さは、昭和天皇と比較してみるとよくわかります。昭和天皇の場合、侍従長となる入江相政の助言に従い、年齢に応じて少しずつ宮中祭祀の負担を減らしてゆき、八十代になるとほぼ新嘗祭の一部しか行わなくなりました。これに対して天皇明仁は、八十歳になろうが八十五歳になろうが、一向に負担を減らしませんでした。毎年一月一日から十二月三十一日まで、天皇が出るべきすべての祭祀に出るという姿勢を一貫させたのです。

なぜ天皇明仁は、これほど自ら「祈ること」に熱心なのでしょうか。

考えられるのは、皇后美智子からの影響です。皇后美智子が育った正田家はカトリックとの関係が深く、美智子自身も中学から大学まで聖心女子学院で学びました。結婚して最初の本格的な地方視察に当たる一九六一（昭和三十六）年三月の長野県行啓で養護老人ホームを訪れたときから、自発的にひざまずき、一人ひとりの老人に声をかけたのも、いかにもカトリック的な振る舞いでした。その姿勢に感化されるようにして、明仁も六〇年代後半以降になると美智子とともにしゃがんだり、ひざまずいたりするようになります。

こうした影響は、単に外面的な振る舞いのみならず、内面的な宗教心にまで及んでいたと見ることはできないでしょうか。

月辰会でも、「聖暦の間」の鏡の前で平伏し、祈りの言葉を述べるのは、教祖の平田有信ではなく、斎王台と呼ばれた平田の妻、江森静子の方でした。江森自身、「ここではわたしが斎王台。絶対の権威です。美代子もあんたもわたしの家来じゃ」と述べています。

皇后として最後の誕生日となった二〇一八(平成三十)年十月二十日の誕生日の文書回答で、美智子妃はこう述べています。

陛下は御譲位と共に、これまでなさって来た全ての公務から御身を引かれますが、以後もきっと、それまでと変わらず、国と人々のために祈り続けていらっしゃるのではないでしょうか。私も陛下のおそばで、これまで通り国と人々の上によき事を祈りつつ、これから皇太子と皇太子妃が築いてゆく新しい御代の安泰を祈り続けていきたいと思います。(宮内庁ホームページ)

「祈り」ということに皇后がどれほど熱心か。それがよく伝わってくる文章だと思います。たとえ退位しても、明仁も美智子も祈ること自体をやめるわけではないと述べているからです。

天皇明仁もまた、天皇としては最後になる二〇一九年四月三十日の退位礼正殿の儀の「おことば」を、「ここに我が国と世界の人々の安寧と幸せを祈ります」という言葉で結んでいます。まるで先に引用した皇后の言葉に、天皇が呼応しているように見えるのです。

平成から令和へ

二〇一九年五月一日、新天皇徳仁が即位し、元号は平成から令和に変わりました。同時に新皇后雅子も即位しました。また天皇明仁は上皇に、皇后美智子は上皇后になり、秋篠宮は皇嗣に、秋篠宮妃は皇嗣妃になりました。天皇と皇后の間には愛子内親王しかなく、皇位継承資格をもつ親王（男子）がいないため、皇太子がいなくなったのです。

五月一日の即位の際に行われたのが、テレビでも中継された「剣璽等承継の儀」でした。三種の神器のうちの剣（正確に言えば草薙剣のレプリカ）と勾玉（正確に言えば八尺瓊勾《やさかにのまが》玉《たま》）を前天皇から引き継ぐ儀式です。『神々の乱心』で登場した神器が、昭和から平成への代替わり以来、再び脚光を浴びたわけです。

同年五月八日、天皇と皇后は即位の礼と大嘗祭の日取りを宮中三殿に報告するための「期日奉告の儀」に臨みました。徳仁と雅子にとっては、これが即位して初めての宮中祭祀に当たりました。

美智子妃と雅子妃では、宮中祭祀に対する姿勢が大きく異なっています。雅子妃は二〇〇三（平成十五）年に体調を崩してから、天皇明仁や皇后美智子が出てくる宮中祭祀には一度も出ませんでした。天皇や皇后が神武天皇陵や武蔵野陵に行っていて不在のときに限り、三回出席しています。五月八日の「期日奉告の儀」には上皇や上皇后が出ませんでしたので、この前例を踏襲したと見ることもできます。けれども六月十六日の香淳皇后例祭や七月三十日の明治天皇例祭には、上皇と上皇后が出なかったにもかかわらず、雅子妃は欠席しました。

上皇明仁と上皇后美智子が「祈り」に熱心なことは先に触れた通りです。宮中祭祀は皇室の私的行事ですので、たとえ上皇や上皇后が出ても問題はありません。また一月七日の昭和天皇祭や六月十六日の香淳皇后例祭、十二月二十五日の大正天皇例祭で天皇と皇后が宮中三殿にいるとき、大正天皇や昭和天皇、貞明皇后や香淳皇后の陵のある武蔵陵墓地に行くこともできます。

二〇二〇年四月十九日には、秋篠宮が皇嗣になったことを宣言する「立皇嗣宣明の儀」が行われます。これ以降、皇嗣と皇嗣妃は、皇太子と皇太子妃同様、宮中三殿に上がり、拝礼するようになります。

令和の天皇と皇后は、平成の天皇と皇后のように、「祈り」に熱心になるのでしょうか。それについては、平成の天皇と皇后同様、皇后が鍵を握っています。皇后雅子が、皇后美智子と同様、宮中祭祀を大事にするのか、それとも皇太子妃時代同様、欠席が多くなるのか、のみならず合理的に考えて宮中祭祀そのものを減らしてゆくのか――。現時点では欠席が多くなっていますが、今後いずれの方向に向かうかによって、令和のスタイルは大きく変わってくるのです。

清張は未完の大作『神々の乱心』を通して、「祈り」における女性の存在の重要性を示そうとしました。しかも女性を重視する視点は、初期の小説である『点と線』から一貫しています。令和の天皇制を考える上でも、清張の視点は重要な示唆を与えてくれるのです。

おわりに

今年の三月十六日から五月十二日にかけて、横浜市の神奈川近代文学館で特別展「巨星・松本清張展」が開かれました。私も見に行きましたが、平日だったにもかかわらず、会場には多くの人々――しかもその過半数は女性――がいました。改めて、女性読者の多さを実感させられましたが、著書ではなく映画やテレビドラマを通して清張のファンになった女性も少なくないように見えました。

本文では触れませんでしたが、『点と線』も『砂の器』も映画化されています。とりわけ野村芳太郎が監督した『砂の器』（一九七四年）は、同じく野村が監督した『張込み』（一九五八年）、堀川弘通が監督した『黒い画集　あるサラリーマンの証言』（一九六〇年）とともに、清張自身が気に入った映画に挙げています。川本三郎はこの映画につき、「青森県の龍飛岬《たっぴみさき》で厳冬に撮影されたという、親子が荒れた海と向かい合う場面は人の世のはかなさ、厳しさを感じさせ圧倒的。ミステリを超え、ギリシャ悲劇のような重厚な物語になっている」（前掲『東京は遠かった』）と絶賛しています。

一方、『神々の乱心』は、未完で終わっているせいか、まだ映画化されたことはありません。第五章で私は、結末のシナリオを予想しておきました。このシナリオに沿う形で映画が製作されることをひそかに期待しています。

『昭和史発掘』はノンフィクションですから、映画になっていないのは言うまでもありません。しかし本書で言及した「二・二六事件」は、もし映画にすれば、非常に面白い作品になると思います。もちろんこれまでも、五社英雄が監督した映画『２２６』（一九八九年）のような優れた作品がありましたが、中橋基明を主人公とし、二月二十六日朝の「空白の一時間半」に焦点を当てることができれば、『２２６』とは違った斬新な作品ができるに違いありません。

二〇一八（平成三十）年三月、四回にわたってＮＨＫＥテレで「１００分de名著　松本清張スペシャル」が放映されました。私はこの番組の指南役（講師）として出演しましたが、二十五分弱という限られた時間のなかで、収録はしたもののやむなくカットせざるを得ない場面も少なくはありませんでした。

番組のテキストとして作られたのが、『ＮＨＫテキスト　１００分de名著　松本清張スペシャル　昭和とは何だったか』（ＮＨＫ出版、二〇一八年）でした。本書はこのテキストを加筆修正しつつ、新たに「第三章　占領期の謎に挑む——『日本の黒い霧』」と「終章『平成史』は発掘されるか」を加えたものです。編集を担当されたＮＨＫ出版の本多俊介さんに心からのお礼を申し上げます。

この十月には新天皇の即位礼、十一月には大嘗祭が予定されています。平成から令和に元号が変わり、皇室儀礼が続くこの時期に、松本清張を再読する意味はますます高まっています。本書がそのための道案内となることを願っています。

二〇一九年九月

原　武史

＊本書は、二〇一八年二月に小社から刊行された「松本清張スペシャル（2018年3月（100分de名著））の内容に加筆・再構成したものです。松本清張作品の引用は、『点と線』『砂の器（上）（下）』は新潮文庫、『日本の黒い霧（上）（下）』『新装版　昭和史発掘（1）〜（9）』『神々の乱心（上）（下）』は文春文庫に拠ります。

ＤＴＰ　山田孝之
編集協力　山下聡子
図版作成　小林惑名
校閲　北崎隆雄

原 武史 はら・たけし
1962年、東京都生まれ。放送大学教授。
東京大学大学院法学政治学研究科博士課程中退。
専攻は日本政治思想史。
『「民都」大阪対「帝都」東京』(講談社選書メチエ、サントリー学芸賞受賞)、
『大正天皇』(朝日文庫、毎日出版文化賞受賞)
『滝山コミューン一九七四』(講談社文庫、講談社ノンフィクション賞受賞)、
『昭和天皇』(岩波新書、司馬遼太郎賞受賞)、
『〈女帝〉の日本史』(NHK出版新書)、
『平成の終焉』(岩波新書)など著書多数。

NHK出版新書 586

「松本清張」で読む昭和史

2019年10月10日 第1刷発行
2019年12月15日 第3刷発行

著者 原 武史 ©2019 Hara Takeshi

発行者 森永公紀

発行所 NHK出版
〒150-8081 東京都渋谷区宇田川町41-1
電話 (0570) 002-247 (編集) (0570) 000-321 (注文)
http://www.nhk-book.co.jp (ホームページ)
振替 00110-1-49701

ブックデザイン albireo

印刷 壮光舎印刷・近代美術

製本 二葉製本

Printed in Japan ISBN978-4-14-088586-4 C0221

NHK出版新書好評既刊

「松本清張」で読む昭和史　原 武史
昭和とは何だったのか？ 比較的近い、しかし謎に満ちた時代を、松本清張作品に描かれた「鉄道」と「天皇」から解き明かす。
586

男の「きょうの料理」　NHK出版［編］
絶品！ ふわとろ親子丼の作りかた
NHK「きょうの料理」とともに歩んできた番組テキストで紹介されたレシピの中から、しっかり作れてきちんとおいしい「丼」70品を厳選収載！
599

プラトン哲学への旅　納富信留
エロースとは何者か
えっ!? 紀元前のアテナイでソクラテスと「愛」について対話する？ プラトン研究の第一人者が『饗宴』を再現して挑む、驚きのギリシア哲学入門書。
602

AI以後　丸山俊一＋NHK取材班［編著］
変貌するテクノロジーの危機と希望
脅威論も万能論も越えた「AI時代」のリアルとは？ ダニエル・デネットなど4人の世界的知性が、人類とAIをめぐる最先端のビジョンを語る。
603

残酷な進化論　更科 功
なぜ私たちは「不完全」なのか
心臓病・腰痛・難産になるよう、ヒトは進化した！『絶滅の人類史』の著者が最新研究から人体進化の不都合な真実に迫る、知的エンターテインメント！
604